下級国民A

赤松利市

CCCメディアハウス

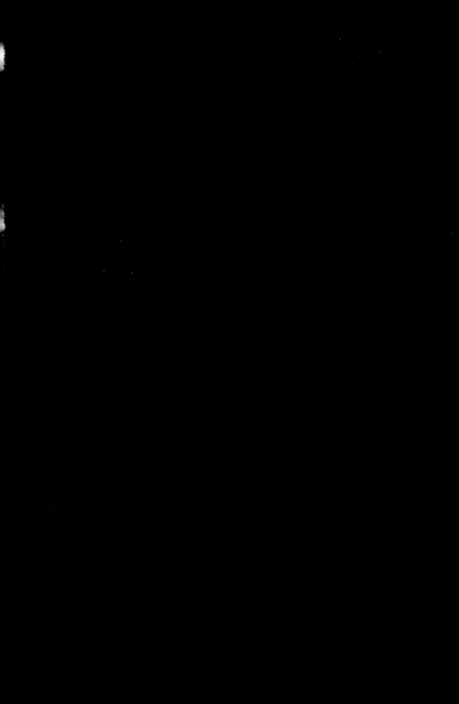

下級国民A

目次

写真　沼田　学
装幀　國枝達也

石巻市／土木作業

午前四時過ぎ。

その日も私は渡波《わたのは》駅駅前ロータリーの多目的トイレの便器に座ってカレーパンを食っていた。

ホカホカのカレーパンだ。

カレーパンの袋を軽く破り、レンジで温めてくれると知ったのは、東北に住むようになってからだ。なるほど北国の知恵だなと感心したものだが、今ではその知恵に感謝さえ覚える。

多目的トイレに暖房はない。厳冬の石巻は身を切るような寒さだ。

しかし気密性の高いトイレの個室で、土木用の防寒着に加え、カレーパンで温まった体温が、微かにではあるが、個室の気温を上げてくれている。少なくとも、暖房もなく、そこかしこから冷気が流れ込んでくる宿舎の部屋よりは幾分か過ごし易い。

カレーパンの最後の一欠けらを、これも熱い缶コーヒーで流し込み、その甘ったるさにホッと息をついて、時計を確認する。

「あと一時間半か」

始発電車は午前六時十六分。その十五分くらい前に渡波駅の駅舎は開く。駅舎には暖房が入っている。

サイドポケットから文庫本を取り出して適当にページを開く。何度も読み返している文庫本だ。どこから読んでも障りはない。

始発電車に乗って、二駅離れた石巻駅で通勤車両に拾ってもらい、そこから現場へと通う。その日も泥水塗れになって高圧洗浄水でダンプのタイヤを洗う。そんな毎日を送っていた。


東日本大震災発災後、半年が経っていない時機だった。

ある夏の日の夕方、私は夕食に誘われた。

折り入って相談があると私を誘ったのは、兵庫県小野市で小さな土木会社を営む社長だった。

小野市は兵庫県の山間部に所在する小さな町だ。あらたまった構えの店でなく、案内されたのは、ありふれた居酒屋だった。

当時私は小野市のゴルフ場のコンサルティング業を営んでいた。その仕事終わりに誘われたのだ。

私がコンサルティング契約を結んでいるゴルフ場の近くに自宅兼会社を構える社長には、それまでも何度か、簡単なコースの補修工事や伐採木の処理をお願いしていた。

腰の低い社長の相談事とは、四十歳になる自分の息子を被災地に連れて行ってもらえないだろうかということだった。

聞けばその息子さんは、新幹線にさえ修学旅行で乗ったきりで、とても一人でそんな遠方には行かせられないのだとか。

東北に赴く目的は仕事探しだと言う。

これは後で知ったことだが、その社長の会社は、それ以前、八ヶ月近く仕事にあぶれており、親子ともども、阪神淡路大震災後の復旧工事に従事した経験もあり、甚大な被害を受けた被災地に赴けば、何かしら仕事にありつけるのではないかと、専務である息子さんが考えたらしい。

『狂乱の復興バブル』

そんな字句が男性週刊誌に踊る時期だった。

私は仙台に土地勘があった。仙台市に隣接する利府町のゴルフ場の立ち上げに、やはりコンサルとして関わった。

相談を受けた時点で、私の収入は、年度単位でコンサルティング契約をしている小野市のゴルフ場からのそれだけだった。

それ以前には、ゴルフ場のコースメンテンスを請け負う会社を経営し、社員百二十五名を抱え、年収も二千四百万円あったのだが、その会社を破綻させてしまい、当該ゴルフ場のコンサルティング収入だけが、唯一の収入源だったのだ。そのゴルフ場を所有しているのは大手都市銀行で、支配人は銀行から天下りしてくる。

「来期の契約の継続は難しいかも知れない」

定年を次の年に控えた支配人から、そんなことを言われていた。

いよいよ来年からは完全失業か、そんな覚悟を決めていたときに、降って湧いたような話だった。

もし仕事が取れれば、その後も、息子の後見人として仙台に残ってほしい、営業部長という肩書を用意する、とりあえずの給料は、月額で四十万円出すが、仕事が軌道に乗って儲けが出れば、それはきれいに折半しよう。

その夜のうちに、そこまで仔細に煮詰められたわけではないが、その後専務である息子を仙台に伴い、被災地を視察し、そうこうしているうちに、もちろんそれは、翌年から収入の途がなくなるかも知れないと焦る私からの誘導もあったのだが、そのような話に落ち着いたのだ。


話がまとまり、専務と私が勇躍被災地仙台に乗り込んだのは、震災から間もなく半年になろうという夏の終わりだった。しかし容易に見つかるだろうと思った仕事はまるで得られなかった。

『オープン・ブック方式』と名付けられた大震災の復旧、復興工事のために導入された方式が壁になった。

それは後に、福島第一原発の事故処理で問題になった、六次、七次と連なる下請構造の間隙を突き、反社会的勢力が紛れ込むのを防止する措置であり、有入札資格者は、入札前に、下請企業が反社会的勢力でないこと、いわゆる反社チェックを行う必要があり、そのうえで、入札資料に添付された以外の下請会社は使えない、という制約が課せられていたのである。

専務の話によれば、反社会的勢力の復興工事への参入は、阪神淡路大震災の折にも問題になったらしい。

おそらくはその教訓に学んだのが『オープン・ブック方式』導入の要因ではないだろうかとのことであった。

「あの時は仕事の奪い合いでしたからね。現場に停め置いている重機が、夜中のうちに壊されてしまうやなんて騒動が頻発してましたわ。瓦礫を運んで置き場に廃棄するダンプの車列も凄かったです。割り込みしたとか何やで、命のやり取り並みの喧嘩も当たり前でした」

専務はそんな風に往時を振り返った。

ともあれ、その『オープン・ブック方式』の壁に阻まれ、もちろん私たちのパーティーが、反社会的勢力というのではないのだが、入札資料に記載されていない会社ということで、先行して乗り込んだ私と専務の二人は、そこから三ヶ月近く、仕事らしい仕事にもありつけず、やがては営業に赴く先も失くしてしまい、日々を無為に過ごすことになったのだ。

そのおかげと言っては何だが、仕事を求め、私たちは二人は、毎日のように三陸海岸沿岸に車を走らせ、宮城県のみならず、岩手県にもかなり精通するようになっていた。

私たちが訪れた市町は二十近くだっただろうか。

私は訪れる前に、ネットで閲覧できるそれら市町の復興計画を精読し、また入札情報も細かくチェックしたものだ。

このあたりのことは本筋と無関係なので、ようやく仕事にありつき、関西から七人の作業員を呼び寄せた時点に話を進める。

「あいつら来たら部長さんにも作業員してもらいまっせ」

毎日の付き合いで、親しくなっていた若い専務から意外な申し出があった。

私は営業部長のはずだ。現場に出る頭など端からなかった。

「下請には簡単に言うたら二つの請負形式がありまんねん。仕事そのものを請け負う請け負いと、出した人間の頭数で金額が決まる人工《にんく》出しですわ。ワイらの場合、丸請けは当分無理だっしゃろう。そうなったら、何ぼの人間出したかちゅうことで売り上げが決まりますねん。部長さんも頭数に入れさしておくなはれ」

「給料は？」

「今のままの四十万円でよろしいでしょ。ワイかて同じ四十万円ですねん。まさか現場手当の上乗せまではでけまへんわ」

関西から呼び寄せる作業員のうち、いちばん使えるRという作業員でさえ日給月給で、日当は一万二千円、荒天による現場の作業中止がなく、二十五日間働けたとしても、月の収入は三十万円なのだと専務は続けたが、そんな話を右から左に流し、私は四十万円が維持されることにホッとしていた。

私はその四十万円から五万円だけを残して、奈良に住む高校生の娘の母親に仕送りしていた。娘の母親とは、娘が小学校低学年の時に離婚しており、それは兎も角として、月々の収入を減らされたのでは母娘が餓《かつ》えてしまう。

私の方は、昼は仕出し弁当、夜は宿舎でまかない飯が出るということで、朝食さえ調達すれば飢えることはない。そんな事情もあったのだ。

さて、関西から乗り込んできた土木作業員たちであるが、当初感じたのは、作業員のそれぞれが際立って個性的だということだった。その個性が彼らを輝かせているように思えた。

彼らは仕事はもちろんのこと、趣味であったり、食であったり、ファッションであったり、車であったり、大仰に言えば生き方に何かしらのこだわりをもっていた。歴史好きがいるかと思えば、宗教への造詣を披露し、異なる宗派の念仏を諳んじる者もいた。

しかし二ヶ月、三ヶ月と彼らとの付き合いが深まるうちに、その綻びが目につくようになってきた。やがてそのうちに、彼らのこだわりが、ずいぶん鼻につき始めた。

その知識があまりにも浅薄なのだ。

読書や経験によって培われた知識ではなく、テレビのワイドショーや、ネットの書き込みや、猥雑な男子週刊誌や、そんなもので得た程度の聞きかじりの知識が、彼らのこだわりを形成していた。

当然の結果として、彼らが熱く、縷々《るる》語るこだわりは、同じ内容の反復になり、それを語るほうも語るほうであるが、フンフンと相づちを打ちながら、時には「ホウ」と感心して聴くほうも聴くほうで、何度も繰り返される話題に、飽きずに他の皆が肯首するといった景色に、私は正直言って辟易とさせられた。

馬鹿とか阿呆とかいうのではない。

押しなべて子供じみているのだ。

言葉を選ばずに言えば、彼らの知能の発育は、幼稚園児レベルで停滞しているようにさえ思えた。

当初に覚えた個性的だという印象も変わってきた。

『幼児性』というキーワードをテンプレにして観察すると、彼らは個性的どころか、見事に画一的な相似形を示す。そして私が当初、彼らに感じた輝きは、とりもなおさず、幼児が自ずと発する輝きと、さして変わらない輝きだと気付かされた。


きつい、汚い、危険の3Kと世間から蔑《さげす》まれ、根本に、世間に対する劣等感を澱《おり》のように沈殿させる彼らは、その裏返しとして、猜疑心が強く、雨が降ればば仕事にあぶれる、現場が終われば次の仕事が保障されているわけではない、日給月給の、そんな収入の不安定さゆえに、押しなべて吝嗇《りんしょく》であり、そんなこんなが、日常的な苛立ちに通じるのだろう。あるいは幼児性に起因する彼らなりの自己主張なのか、彼らの感情の沸点は、理解できないほど低く、瑣末なことで言葉を荒らげ顔面を赤くする、そんな場面を日常的に目にした。

彼らは会話の端々に、どう反応してよいのか戸惑うしかないような駄洒落を挟んだりもした。

「オレな、買いたいもんがあるんやけど、このままイオンに寄ってもええかな？」

仕事終わりの帰路でハンドルを握った男が言う。

「いーおん」

助手席の年配の男が答える。

イオンといーおん、彼らにすれば、当意即妙のユーモアで、同じ車に乗る作業員らの笑いを誘うが、私はポカンと取り残されてしまう。

その結果として詰まらないやつ、お高く留まっているやつ、そんな評価を受けてしまう。そんなこんなで、いつしか私はパーティー内で、ずいぶんと浮いた存在になってしまった。

彼らは陰口も好物だった。

卑屈に頭をさげてお追従を並べる工事発注元の、作業服にカッターシャツ、ネクタイ姿の若い担当社員や、元請け会社の現場監督のみならず、同じパーティー内の仲間でさえ、その場にいなければ、誰彼かまわず陰口の標的にした。

ここまでぼろくそに言っておいて何だが、彼らだけが悪いのではない。

あえて擁護するなら世間が悪いということか。

彼らは押しなべて幼少期の貧困を経験しており、十分な教育も受けず、長じて社会に出ても、向上を望めない立場にあったのだから致し方ないともいえよう。

私が雇用されている土木会社の専務からして、営業に訪れる際にネクタイを結ぶことさえできず、急拵えで購入したカッターシャツとネクタイを、私が着せて結んでやるという有様だったのだ。

その後も私は、非正規雇用日銭稼ぎのアルバイトを転々とするわけだが、どこの職場で働く者たちも、本質的には同じようなものだった。ただ土木作業員である彼らが他と違ったのは、肉体労働を売り物としていることだった。

当然それは腕力とかであり、腕力は、時として、暴力に繋がってしまうのだ。さすがに直接的な行動に出ることは少なかったが、胸ぐらを摑まれてこぶしを振り上げ、威嚇されるようなことはたびたびあった。

なかでも、関西から合流した作業員のうちで、専務が「使える」と評した三十代のRは、筋肉の塊のような男だった。

身長も百八十センチと高く、そこそこ見られる顔をしており、重機操作などの腕も確かなのだが、如何せんボクシングの経験者であり、その練習相手を務めさせられることもあった。

Rが通った高校の卒業式に、三年生のクラスの担任は誰も出席しない。生徒の報復を恐れて欠勤するのだ。その代わり、生徒の燥《はしゃ》ぎ過ぎを警戒して、制服姿の警官何人かが卒業式に参加する、それを自慢そうに語るRだった。


Rの筋力に目を見張ったのは、ある現場で側溝を据えた折だ。

土木の経験がない読者の皆さんに分かりやすく説明すると、側溝とは、例えば道路脇のコンクリートの排水路のことであり、現物をご覧いただければお分かりいただけるだろうが、現場で作成するものではなく、あらかじめ製品化されたコンクリート部材を据え置いているのである。

これをプレキャスト、略してプレキャスと称する。

大きなものになれば、二トンを超えるプレキャスもあるが、その日現場に納品されていたのは八十キロほどの小型プレキャスだった。

小型とはいえ八十キロの重量となると、普通は、専用の取っ手金具を使い、二人の作業員で扱うものなのだが、これをRは一人で、しかも金具も使わず、ゴムの滑り止め手袋だけで据え置いていくのである。

そんなRに「ぼっさと見とらんで手伝わんかい」と、プレキャスを手渡されそうになるのだから、堪ったものではない。

なるべく近付かないようにし、設置後のプレキャスの微調整などに精を出すのだが、なにぶんにもそれはしゃがみ込む仕事で、時々は、立ち上がって腰を伸ばしたくもなる。その間隙をRは狙ってくる。

もちろんふりをするだけで、実際にプレキャスを手渡したりはしない。そんなことをして、私が腕か腰の骨を折ることよりも、落下したプレキャスの破損を懸念するくらいの知恵はあるのだ。

ただしそうは分かっていても、慌てふためく真似事くらいはしなくてはならない。

「ほんまにオッサンに投げるわけないやろ」

そう言われ「ギャハハハハ」と、下品に笑ってもらえないと後が怖いのだ。

「しょーもない冗談を」

みたいに鼻で笑って受け流すと、その次からは、ほんとうに投げてこないとも限らない。

Rの哄笑に続いて、他の作業員たちが笑うくらいの、大袈裟な演技が求められる。そんな阿保らしいことくらいしか楽しみのない職場であり、仕事なのだ。しかしこれが、破損の恐れのない角材の束とか、小型土嚢となると、冗談だけでは済まされない。Rは実際に投げつけてくる。角材の角で、私が手に血を滲ませようが頓着しない。

Kについても触れておこう。

Kは筋肉自慢のRの師匠筋という触れ込みで、後から参加した作業員だ。年齢は当時の私より二つ下の五十三歳なのだが、年齢に見合う分別など欠片も持ち合わせない下衆野郎だった。吝嗇ぶりも他の追従を許すものではなく、金に細かいというより汚い人間だった。

Kのことを述べる前に、私たちの被災地における住環境にも触れておきたい。震災の年の十二月、ようやく仕事にありつけ、いざ関西から作業員を呼び寄せるとなって、直面した問題が作業員宿舎をどうするかという問題だった。

最初の仕事は、女川町の浄水場の補修工事だった。女川町は東日本大震災の津波で壊滅的な被害を受けた町で、作業員宿舎どころか、被災者用の仮設住宅すら建てる用地に窮し、その一部を、隣接する石巻市から借用しているような状況だった。作業員宿舎の確保など、探す前から諦めていた。

仕方なく石巻市で探してみたが、こちらも住宅事情は深刻で、訪れた不動産屋では「一万人待ぢぐらいだっちゃ」と、すげなく言われてしまった。

さらに南下し、東松島市、塩竈市、利府町、七ヶ浜町と探し求めるも宿舎は見つからず、さらに南下し、女川の現場から五十キロも離れた多賀城市でようやく物件を見つけ出したのである。

それは津波で被災したウィークリーマンションを、運営会社が撤退したのちに、オーナーがリフォームしたという物件で、マンションとは名ばかりの二階建て、1DKの部屋が二棟三十六戸並ぶ宿舎だった。

そのうちの十部屋を月極契約し、うち一部屋は食堂とした。


この食堂というのが曲者で、当初私は、専務が仕出し弁当かケータリングでも頼むのかと思っていたのだが、そうではなく、まかないの夕食を作ってくれないかと提案された。

私は学生時代から自炊していたので、その提案をあっさりと受けてしまった。

これが思った以上に難儀な役割だった。

そこそこの人数ではあるし、季節も冬なので、主に鍋料理で済まそうと考えていたのであるが、難儀だったのは作業員たちの好き嫌いだ。

一番上に立つ専務からして、ネギ類は一切受け付けないのだ。ネギ類にはタマネギも含まれる。したがってカレーやシチューもメニューに入れられない。ポン酢が苦手だという作業員もいた。他にも豚肉が食べられないとか、白菜が苦手だとか……思い出してもうんざりする。

それを口にするのが園児なら未だ分かりもするが、みんないい歳をした中年以上の男性なのだ。好みを訊くと、唐揚げ、焼き肉が彼らにほぼ共通する好物だった。

私は彼らの生い立ちを思わずにはいられなかった。

躾《しつけ》のなってなさに唖然とした。

それは食器洗いにも表れた。

これも専務の提案で、食後の食器洗いは各自持ち回りということになったのだが、その洗い方の大雑把さに開いた口が塞がらなかった。

１Ｋの狭い台所だというのに、彼らは蛇口を全開にし、洗剤をドボドボ使って洗うのだ。周囲が水浸しになろうがお構いなしだ。

おかげでその後の拭き掃除に手間を取られてしまう。テフロン加工のフライパンや鍋も、委細構わず、ステンレスたわしでゴシゴシやる。そして洗い残しや洗剤のヌルヌルはそのままだ。

訊けばまともに食器洗いの経験があるのは、筋肉男のRだけで、それも、ヤクザの組に部屋住みし、行儀見習いで覚えたのだというから始末に負えない。何日か我慢して、どうにも改善されないので、私は食後の食器洗いもさせてほしいと願い出た。

こんなこともあった。

震災から間もなく一年になろうという二月のことだった。夕方から雪が舞う日だった。

専務が気まぐれを起こして、お好み焼きを作ってやろうと言い出した。それに合わせての食材調達、下拵えは私の役割だ。

さあ焼こうかという段になって、専務からクレームが出た。私は食材調達の際に、お好み焼きソースを購入していたのだが、そのソースではこだわりの味が出せないのだと言う。専務風お好み焼きには、ウスターソースが不可欠らしい。

今ではそうでもないだろうが、当時は未だ東北地方だけでなく関東一円にも、ウスターソースはそれほど普及していなかった。そのことを説明すると関西から来た作業員らが口を揃えて、私を嘘つき呼ばわりした。

「ええ加減なことぬかすな。ウスターソースがないわけないやろ。自分が買い忘れたからいうて、しょうもない言い訳すなや」

こんな具合だ。

役職の上下どころか、長幼の序などという発想は、薬にしたくてもない連中だった。

それで私は、多賀城のイオンに出かける羽目になったのだが、外は激しい雪で、すでに三十センチくらい積雪している。

夕飯時間が長引くという理由で、初めの取り決めでは、食堂は禁酒だったが、それが守られたのは一ヶ月足らずで、作業員らは缶酎ハイや発泡酒を開けている。私は仕方なく徒歩でイオンに向かった。

雪道をトボトボと歩き、往復一時間以上をかけ、イオンにおいては、ソースの棚を端から端まで写メに撮って、雪にまみれて宿舎の食堂に戻ると、すでに全員がお好み焼きを食べ終わっていた。

「おまえが遅いからアカンのじゃ」

別に苦情を言ったわけではないのに、そんなことまで言われてしまった。とりあえずウスターソースがないことだけでも理解してもらおうと、写メを見せようとしたが、誰一人見ようともしない。

「あっても、写してないんに決まっとるやんけ」

そう言うだけだ。

私が下拵えしたお好み焼きのタネはなくなっていた。

「あんまりオレのお好みが芸術的に旨かったさかい、みんな食うてしもうたわ」

あっけらかんという専務のその一言で片付けられ、私は空きっ腹を抱え、汚れた食器やホットプレートを洗った。

多賀城市でのまかないは半年間以上続いた。

女川町の現場を終え、パーティーは石巻市に移っていたが、さらに遠方となる仙台市太白区のアパートに移り住むことになった。

その物件情報は、専務が、仙台市国分通りのガールズバーで仕込んできたものだった。そこに勤める若い娘の母親が経営していた学生アパートが、震災で給湯設備が壊れてしまい、学生が全員引っ越して、空き家ならぬ空きアパートになっている、十七部屋あるそこを、まるごと月に十五万円で貸したい、その代わりに給湯設備はそちらでという話に専務が乗ったのだ。

部屋数が増えれば作業員の数も増やせるというのが理由だった。実際はガールズバーの若い娘にいい顔をしたかったのだろうと勘繰りもしたが、それは口に出さなかった。

そのアパートは、三畳あるかないかの部屋に、作り付けの木のベッドが設えてあるという物件で、さすがにその空き部屋を食堂にするわけにもいかず、私はまかないから解放された。

部屋数が増えて作業員も一名増えた。ただし関西からではなかった。関西の現場でRが知り合ったMという、福岡の若い男だった。M青年は陽気だが出しゃばらない、なかなか好感の持てる青年だったと記憶している。

太白区の元学生アパートに移り住んでからは、弁当屋とコンビニが、私たち各自の食料調達の拠点となった。現場が動く日に限り、一日五百円が、夕食代として専務から支給された。

仙台市内を見下ろす高台の住宅街にあって、他にファミレスと中華料理屋もあったが、労働日数で計算される食費は、とても外食に回せるほどではなく、私はもっぱら弁当屋のお世話になった。

震災翌年の夏には関西から社長も合流した。そのころには、道路の舗装工事の下手間なども請け負うようになっていたのだが、これがなかなかにキツイ仕事だった。

舗装工事に使われるアスファルト合材は、プラントから十トンダンプ車で搬入される。

プラント出発時から10℃ほど冷めて到着するのだが、それでも150℃から160℃の熱さなのだ。そのアスファルト合材が冷めないうちに敷設を終わらせる必要があるので、ダンプが到着すると、現場は戦場さながらになる。怒声が飛び、まごまごしていると突き飛ばされる。

アスファルト合材は油の湯気を立てている。高温の湯気だ。

私たちに元請のゼネコンから塩のタブレットが配られた。塩を固めた錠剤だ。

熱中症予防と説明された。

よく考えもせず、その錠剤を服用していたせいもあるのだろう、私は作業中に激しい眩暈を起こして倒れてしまった。

ゼネコンの現場監督の車で病院に運ばれ、診断の結果ラクナ梗塞だと告げられた。毛細血管レベルで脳梗塞を起こしていたのだ。血圧は200を超えていた。

現場監督から翌日の出勤禁止を申し渡され、そのまま仙石線とバスを乗り継いで宿舎に帰り、安静にしているうちに寝込んでしまった。

ダァァァァン

突然の振動音に目が覚めた。

「Rさん、そげんことしたらつまらんやろう」

外から聞こえてきたのはM青年の声だった。

「仮病で勝手に現場放棄しくさって。出てきたら吊し上げにしたんねん」

ドア越しにRが忌々しそうに言う。

勝手、無断ではない。

医師が診断し、現場監督から専務に話が通じているはずだ。それでも心配しているといけないので、太白区の宿舎に戻ってから専務にも電話を入れている。

ダァァァァン

再び異音がした。

どうやら筋肉男のRがドアを蹴っているらしい。

「なんや、オッサン留守かいな」

頭から布団を被って息を潜めた。

「明日からKさん来よるからな。二人でオッサン締めたんねん」

捨て台詞を吐いてRの足音が遠ざかる。

Kのことは専務から聞かされていた。

Rの師匠で、万能の土木作業員らしい。現場を渡り歩く土木作業員だとも聞いた。私の給料は四十万円で、それは専務と同額ということで納得していたのだが、Kの給料は社長と同じ五十万円だという。

それだけ能力が高いということであろうが、しかし万能と言われ、社長と同額の給料を得るほどの腕を持つ人間が、どうして流れの土木作業員などしているのか。

つい最前、ドアを蹴飛ばしたRの言葉と併せ不安を募らせた。

Rに捕まるのが鬱陶しく思え、その夜は、結局弁当を買いに出られなかった。夕方前に眠ったこともあったのだろうが、空腹に寝付かれなかった。水を飲んで空腹を我慢した。

ダァァァァン

翌朝、部屋を揺るがすような異音に再度飛び起きた。

「ドアば蹴破るつもりと？」

またM青年の声が聞こえた。


ダン、ダン、ダン、ダン、ダン、ダン、ダン、ダン

誰かが執拗にドアを叩く。

ノックというか、平手で叩いているようだ。

「早う行かな車が出るばい。こん人、きょう一日安静にするって、専務さんが言うとったやなかと」

M青年が宥めているのが筋肉男のRだと疑う余地もない。

やがて車が走り去る音がして、私はノソノソと寝床を出た。

未だ弁当屋が開いている時間ではなかったので、コンビニに行って海苔巻きを買った。

昼過ぎにRの師匠だというKが到着した。

タクシーを乗り付けての到着だった。

Kの到着は、前日電話した折に専務から聞いていた。タイミングよく休むので、対応してくれないかとのことだった。

「部長さんでっか。これからお世話になりますK言いますねん」

言葉はともかく、頭を下げる態度はなかなか礼儀正しかった。

大きなバッグを抱えたKを二階に割り当てた部屋に案内し、このあたりの地理のことなどを簡単に説明した。

荷解きをするというKを残し、私は部屋に戻りベッドに横になって、文庫本を読んでいた。

しばらくしてドアが軽くノックされた。

応じると荷解きを終わったKで、Kは私にタクシーの領収証を差し出し精算してくれと言う。

仙台までの旅費は、関西で新幹線の切符が現物支給されていたらしい。言われるまま、私はタクシー料金を精算した。


それが後で問題になった。

「そんなもん払えるかいな。あのオヤジには仙台駅のバス乗り場とか、降りる停車場とか、バス停からの道順も、細こう書いたもんを、うちのオカンが渡しとんじゃ」

専務の言葉だ。

その旨を伝えようと、二階に足を向けた私が、一階のRの部屋の前を通る際に、中から賑やかな笑い声が聞こえてきた。

どうやらKとRが旧交を温めあっているようなのだ。

気が進まなかったがノックした。

「おう、開いてるで」

Rの野太い声が返ってきた。

ドアを開けてぎくりとした。思った通りRの部屋にKがいたのだが、それより何より、Rの風貌に驚かされた。

「Rさん、それ……」

前の晩に、博多から来たM青年にでも手伝わせたのだろうか、Rの頭はツルツルに剃り上げられていた。それだけならまだしも、眉毛まで剃り落としているではないか。

Rの顔は犯罪者のそれにしか見えなかった。ただの犯罪者ではない。凶悪犯だ。

「これから暑うなるから剃ったんじゃ。なんぞ文句があるんやったら言うてみんかい」

唖然とする私の視線が気に障ったのか、Rに凄まれた。

「いや、えらい気合が入ってはるなあと思いまして」

その場を取り繕った。

「何をベンチャラ言うとんど。どない見てもヤーコやないけ」

Kが笑いながら混ぜ返す言葉遣いに、あれ？　と私は首を傾げた。

明るいうちに会ったときは、腰の低い男だという印象を持ったのだが、そんな気配が消えている。営業部長とは名ばかり、現場に出れば足を引っ張るだけの素人だと、筋肉Rに吹き込まれでもしたのだろうか。

「何の用事じゃ？」

戸口に立ったままの私にRが問い掛けてきた。

「いやRさんやのうてKさんに……」

「ワイがどないしたんぞ？」

今度はKに酷薄な眼差しで睨まれた。眉間に皺を寄せている。喧嘩腰の言い様だった。

頭と眉毛を剃ったRも、不機嫌な顔のまま、こちらを睨み付けている。

二千円少々のタクシー代だ。その場の雰囲気に呑まれ、有耶無耶《うやむや》にしようかとも考えたが、月の生活費が五万円の私にとって、その金額は有耶無耶にできる金額ではない。預かった領収証を差し出して言った。

「これ、専務に却下されましたわ」

「そうか」

そう言って後は知らんぷりを決め込んだ。

「いや、そやから、これ返しますよって、さっきのお金を」

「金がどないした？」

「精算はなしということで」

「何を分からんこと言うとんじゃ！」

たちまちKが顔を真っ赤にした。

「おのれ、部長さんやろ。その部長さんが精算したんやないか。専務がどうこうやなんてワイに何の関係があるんじゃ」

「こういうヤツですねん」

Rが割り込んだ。

「自分の責任を人に擦り付けよる、糞みたいな男ですわ」

「何やババかいな。ほんならトイレに流したろうか」

立ち上がろうとする二人から、私は泡を食って逃げ出した。


読者の皆さんは不思議に思われるかも知れない。そんな理不尽な扱いを受けながら、どうして私が、上司である専務や社長にそれを訴えないのか、と。

訴えた。専務にも社長にも訴えた。

「じゃれてるだけですやん」

それが専務の答えだった。

「仲間やと思うてるからじゃれてますねん。他人扱いされてない証拠ですわ。それでも腹が立つんやったら、殴ったったらよろしいねん。二、三回殴り合いしたら、もっと仲間になれまっせ」

ちなみに専務は空手の有段者だ。話にならない。

さすがに社長は、
「申し訳ないです。ワシから注意しておきまっさかい、勘弁しておくなはれ」
と、頭を下げてくれた。

しかしその結果は、現場での陰湿な苛めが増えただけだった。

尻を蹴飛ばされるとか、安全靴に茶を零《こぼ》されるとか、仕出し弁当に醤油をぶっかけられるとか、休憩室に置いてあった文庫本のラスト三ページを破り取られるとか……これを書きながら、思い出すだけでも動悸がする。吐き気も覚える。

そうこうしているうちに震災から三年目の春を迎えた。

Rに可愛がられ、現場のムードメーカーであったM青年が、いきなり現場を離れることになった。

ある夜、迎えに来た車に慌ただしく荷物を積み込んで、そのまま消えてしまったのだ。別れの挨拶はなかった。

事情を専務に訊くと、地元福岡から友人が宮城に遊びに来ていて、その友人と飲みに出て、急に里心が付いたのだと言う。

「えらい軽い理由なんですね」

「そんなことしとるから、アイツはいつまで経ってもアンコなんや」

「アンコ？」

「所属する会社ものうて、現場から現場に渡り歩いて、日銭稼ぎをしてる土木作業員を関西ではアンコて言うねん」

そう吐き捨てるように言ってから、専務が私に釘を刺した。

「この言葉、最大の屈辱の言葉やからな。絶対ウチの連中に言うたらあかんで。言うたら血ィ見るで」

「何で、ですのん？」

「そらそやろ、アイツらかて全員アンコなんやからな」

それは知らなかった。

福岡のM青年は別としても、少なくとも関西から参集した作業員らは、全員が専務の父親の会社に雇用されているものだとばかり思っていた。私の苛めに関し、社長から叱責、あるいはそれは注意だったのかも知れないが、素直に従わないのにも納得できる。

そもそも社長自身、東北の地に来たのは、自ら現場を応援に来たということではなく、関西での日銭仕事にあぶれたからであって、それを聞かされるに及んで、私は益々、自分の先行きに暗雲が垂れこむような気持にさせられた。

専務の言葉通り、それから暫くして社長は、関西のゼネコンからお呼びが掛ったからと石巻の現場を後にした。

震災から三年目の夏も酷暑だった。東北の石巻市が酷暑というのに、疑問を持たれる方が居られるかも知れないが、東北でも夏はそれなりに暑くなるのだ。暑さのピークには、35℃を超える猛暑日が一週間以上続くこともあった。

同じ現場の違うパーティーの作業員が、熱中症で救急搬送されたりもした。

元請会社の現場所長の注意は「こまめな水分補給をするように」というありきたりのもので、また例の『塩のタブレット』が配布された。もちろん私は服用しなかった。

さらに二人目の作業員が救急搬送されるに及んで、元請会社が採用したのはビーチパラソルだった。危ないと感じたらそれを開き、その日陰で暫し休憩しろと言う。それを各自の判断でしろと。

しかし土木の現場において、そんなのんびりとしたことが許されるわけがない。そもそもそれを許可する立場の上位者は、重機のキャビンかダンプの運転席か、いずれにしても、直射日光から逃れ、エアコンが効いた場所にいるのである。

熱中症が危ぶまれるのは、『手元』と呼ばれる作業員たちなのだ。土木現場の厳格なヒエラルキーの中にあって、その底辺である『手元』が自らビーチパラソルを広げ、日陰で休憩などできるはずがない。それをやれと言う現場所長の頭の中はお花畑なのかと疑った。

しかし実際のところは、頭の中にモンシロチョウが飛んでいるわけでなく、あのパラソルとその指示は、万が一の事態が生じた場合のエクスキューズなのだろう。熱中症で手元作業員が重篤な症状に陥った折には、自分たちはパラソルを用意して、自己判断、自己責任で休憩するよう指示していた。そう言い逃れするに違いない。

自己判断、自己責任は、土木ヒエラルキーを支える信条のようなものだ。ただしそれは、ヒエラルキーの上位にある者の信条であり、自己判断が許されない下位の者には、ただのお題目でしかない。

私も一度、熱中症らしきものを経験した。

その日も猛暑日で、頭上の太陽はギラギラと燃えていた。たとえどんなに暑かろうとも、作業員は、安全管理のために長袖の作業着を着る。その袖を捲り上げることも許されない。

側溝敷設のためにスコップを手に溝を掘っていた。重機が使えない細い溝だった。それをしながら汗が出ないのを不審に思った。本来であれば、滴るような汗が噴き出る状況なのに、まったく汗を掻かないのだ。

昼休憩の直前に、いきなり汗が出始めた。滝のような汗とはこれをいうのかと、呆れるほどの発汗だった。そして意識が戻った。

意識が戻ったといっても、倒れて気を失っていたわけではない。発汗する前の記憶が飛んでいたのだ。目で見る限りにおいて、私は溝を三十メートルほど掘り進んでいたのだか、その側溝を自分が掘ったという実感がないのだ。

手元仲間の話によると、私は専務やRの叱責の声を無視し、最寄りにあった自動販売機でスポーツドリンクを買い求め、それを一心に飲んでいたらしい。一度や二度ではなく、少なくとも五度は自販機に足を運び、そのたびに、スポーツドリンクをその場で一気に飲み干していたらしい。ただしその記憶の欠片さえ、私には残っていない。

おそらくあれが、私の経験した熱中症なのであろう。たまたま最寄りにスポーツドリンクの自販機があり、専務やRの叱責が耳に入らないほど意識が飛んでいたから良かったようなものの、もしそうでなければ、重篤な熱中症で救急搬送されていたのではないだろうか。

そんな夏が終わり、短い秋が過ぎて、石巻は厳しい冬を迎えた。私が被災地で経験する三度目の冬だった。

その日は個人邸宅の基礎工事をやっていた。

それまでの舗装工事の現場が終わり、次の現場に移るまでの数日間を、地場ゼネコンに紹介された仕事で埋める仕事だった。

未だ年の瀬だというのに厳寒だった。強風が吹き荒れた。

昼過ぎから吹雪いた。といっても降雪があったわけではない。空は真っ青に晴れ上がっている。

風花だ。遠くの山で降る雪が風に運ばれる現象をいう。

それまでの人生でも何度か経験していたが、それが吹雪くというのは初めてだった。

昼前にモルタルを練るよう朝礼で指示されていた。

セメント粉に砂と水を混ぜて練り、硬化させたものがモルタルだ。砂を砂利に変えるとコンクリートになる。

現場には、宿舎から持参した十リットルポリタンク三つに入れた水があったのだが、いざモルタルを練ろうと、セメント粉が飛ばない風の裏にそれを運ぶ際に異変に気付いた。

ポリタンクの中の水が完全に氷結していた。

だからといって現場を止めることはできない。モルタルは、その日据え置いている大型プレキャストの目地埋めに使うもので、目地が固まれば、掘削した現地土で埋戻し、その現場は完了となるのだ。翌日から次の大きな現場が始まるので猶予は一日もない。

私はバケツと柄杓を手に近くの小川に足を向けた。流水であれば、氷結していないのではないかと考えたのだ。期待通り氷結はしていなかったが、水面に氷が張っていた。

滔々と流れる北上川でさえ、真冬には蓮氷《はすごおり》が浮かぶ石巻だ。話によれば、温暖化が騒がれる前は、馬車で渡河できたこともあったらしい。

硬く張った氷を柄杓の尻で叩き割り、何とかバケツ一杯分の水を確保した。土手を上がって驚いた。軍手が霜柱でキラキラしている。干しておいた軍手ではない。身に着けている軍手なのだ。私の体温など物ともしない寒さということか。

「どこに行くねん？」

軍手を履き替えるために車に向かおうとする私を、頭上から呼び留める声があった。専務だった。

呼び留めた専務はショベルカーのオペ席に座っている。寒冷地仕様のそれは、キャビンが周囲を風防ガラスで覆われ、暖房まで効いているのだ。オペ席のドアを開けた専務に訴えた。

「水汲んでたら軍手が濡れましたんで」

「そんなもん、履いてたら乾くやろうが」

「これですよ。凍ってますねん」

広げた両手を専務に向かって突き出した。

身を乗り出して、束の間私の両手を凝視していた専務が、弾けたように笑い転げた。腹を抱えて笑った。

そしてその夜から、何かというと、身に着けた軍手を凍らせたトンマな野郎と、私は皆の笑い者になった。


新しい現場に移るのと前後して、ようやく石巻市で宿舎を探し当てた。その宿舎は津波の押水により床上浸水した物件で、二軒並んだ借家を、所有者がリフォームし、賃貸に出したものだった。その二軒の平屋に我々は分宿した。

個室とはいえ、それは襖で仕切られただけのもので、少しは専務も気を使ってくれたのだろう、私はKとRとは別の一軒家のほうに部屋を与えられた。

新しい現場は、総合病院拡張の基礎工事をする現場だった。今までのように、我々のパーティーが働くだけの現場ではなく、他社も含め、三百人を超える作業員が投入されていた。

私はその陣容と現場の広さに安堵した。

これだけの現場であれば、職種ごとに作業員も分散する、筋肉男のRやその師匠であるKとも離れられる、だから陰湿な苛めからも解放されると考えたのだ。

しかしその考えは甘かった。

私は現場で度々立ち竦んだ。あまりに広すぎて、自分が何をやったらいいのか分からなくなるのだ。そこにRとかKが、たまたま通り掛かると罵倒される。

「何をサボっとんじゃワレェ。ちゃんと働かんかい！」

大声で喚き散らすのだ。

やがてそれが他社の土木作業員に伝播した。彼らも同類だった。罵倒してもよい相手だと分かると、名前も素性も知らない他人なのに、遠慮なく罵声を浴びせられるようになった。

三百人以上の土木作業員に監視されて、それは私の被害妄想であろうが、私はとにかく体を動かし続けなければ、いつどこから罵声を浴びせられるかも知れないという強迫観念に囚われた。

仕事が見つからないときは、ダンプの鉄板走路を竹ぼうきで、必死に掃き清めたりした。

しかしRやKはそんな私を見逃さなかった。

「仕事しとるフリだけすな。もっと他にやることがあるやろがい」

再びの罵声を飛ばされる。

それだけではない。ご丁寧に、他社の作業員に頭を下げたりもする。

「えらいすんませんな。このオッサン、まともに働きもしませんねん。仕事しとるフリだけしてまんねん。皆さんも、そんなとこ見掛けはったら、遠慮のう、叱ったってくれてよろしいでっさかい。よろしゅうお願い申し上げます」

そんな風にお墨付きを与えたりするのだ。

言われたほうも言われたほうで、それを真に受け、ますます私への監視を厳しくする。息抜き紛れに私へ罵声を浴びせかける。

年が明けて、そんな状況が継続されるなか、私に歓迎すべきことと、歓迎したくないことがもたらされた。

陰鬱な話が続き、うんざりしているであろう読者の方に、歓迎すべきことからご紹介しよう。

それは、場内に客土を搬入する大型ダンプのタイヤ洗いの仕事が与えられたということだ。

どうしてそれが歓迎すべき仕事かというと、ダンプは引っ切りなしに出入りする。手を休める暇などない。何をしていいのか分からなくなって、立ち竦むことがなくなったのだ。

ましてやその仕事は、誰もがやりたがらない仕事だった。

当然であろう。

厳寒の石巻において、高圧洗浄水でダンプのタイヤの泥を洗うのだ。雨合羽を着用しているとはいえ、泥水の跳ね返りを頭から浴びる。

午後四時を過ぎて、陽が沈むころには、走路として敷設された鉄板の表面を流れる水が、たちまちシャーベットになり、さらには凍り付き、足を滑らせて転倒することも日に一度や二度ではない。

寒さに強張った体で鉄板に転倒する痛みは格別だ。両手で高圧洗浄機のノズルを抱えているので受け身も取れない。

そんな仕事、誰が好んでやりたがるか。

皆が嫌がる仕事をしている私を罵倒する人間はいなくなった。それだけで私にとっては歓迎すべきことだったのだ。どんなに辛い仕事でも、他人から罵倒され、弄ばれ、嘲笑されることに比べれば、はるかにましなことなのだ。

歓迎したくない報せがもたらされたのは二月の初めだった。

専務が、作業員の頭数を増やすために、石巻のハローワークで二名の人間を雇用した。

石巻のハローワークで得た作業員は、住む家を持たない二人だった。一人は山形から、もう一人は秋田から、職を求めて石巻に流れ着いた人間だった。

彼らがどうというのではない。通勤用の車も持たない彼らを宿舎に住まわせるために、誰か二人が、別の宿舎に移らなくてはいけなくなったのだ。

手を挙げたのはRの師匠に当たるKだった。ただしそれに続く者がいなかった。Rでさえ手を挙げなかった。結果選ばれたのは私だった。

「いろいろ難しい人やけど、あんたなら年の功で何とか一緒に暮らせるやろう。悪いけど頼みますわ」

専務に頭を下げられたのでは断り切れない。不承不承、私はＫとの同居を承諾した。承諾するしかなかった。

しかしトラブルはすぐにおきた。

当時、作業員仲間たちはスマホのゲームに嵌まり込んでいた。ＬＩＮＥ登録者に限定されるパズルゲームだ。指で画面上のブロックを移動させ、絵柄が合うとブロックが消滅するというゲームらしい。らしいというのは、私はゲームに関心がないどころか、ＬＩＮＥさえしていなかった。スタンプを多用するやり取りに、どうにも馴染めなかった。

そんな私の態度も、彼らの、彼らというのは同じパーティーの作業員仲間だけでなく他社の作業員も含め、癇に障るものだったのだろうが、もうその時点では、作業員らに溶け込もうとか、馴染もうとか、そんな気持ちは失せていた。

文庫本を開いている私に、別の会社の作業員が問い掛けてきたことがある。

「官能小説読んでいるんか？」

これは当初、同じパーティーの作業員仲間からも訊かれたことだ。どうやら彼らの発想には、小説といえば官能一択に限られるようだ。

「いや、ケッチャムですわ」

私の返答に、相手が不思議そうな顔をする。

「料理の本を読んでいるのかよ」

どうやらケッチャムをケチャップと勘違いしたようなのだ。面倒なので「そんな感じです」と、答えるしかなかった。


話が横道にそれたが、LINEゲームの話に戻す。

休憩時間ともなると、そそくさと仕出し弁当を掻き込み、あるいは箸を使いながら、全員が押し黙ってゲームに没頭する。その傍らで私は文庫本を広げる。

そのゲームの巧妙なところは、『ライフ』だか何だか詳しくは分からないが、ある程度進めると先に行けなくなり、その状態を解消するためには、『プレゼント』と称するものを、LINE仲間の誰かからもらい受ける必要があるということだ。

お願いのメッセージを送り、それに対して『プレゼント』のメッセージを受け取り、おそらくは感謝のメッセージも送るのだろう、未だにLINEを登録さえしていない私にはよく分からないが、それだけで三回のメッセージのやり取りが発生するのではないか。ゲーム仲間を増やすために、自分の知り合いや友人にLINEを勧める者もいるだろう。無料ゲームの頒布は、実に巧妙な販促手段だと思わずにはいられない。

さらに巧妙な点は、LINEの仲間うちでは、だれがどの段階までゲームを進めているか、その進捗まで知ることができるという点だ。

競争心、いやこの場合は闘争本能と言ったほうが適切に思えるが、その類のものに、容易に火が点く土木作業員には打って付けのゲームなのである。

「おまえもLINE始めたみたいやないか」

ある夜、宿舎の近くのコープで夕食の弁当を買って帰った私を呼び止めたKが、ニコニコ顔で話しかけてきた。

「いえ、やっていませんが」

正直に答えると、たちまち顔面を真っ赤にして怒り始めた。

「何でオノレはそんなしょうもないウソを言うんや。そんなこっちゃから、皆に嫌われるんじゃ」

口角泡を飛ばしての怒鳴り声だ。

さすがにムッとした私は、それまでのこともあったので、自分のスマホを差し出し、強い口調で抗議した。

「ウソだと思うなら、チェックすればいいでしょ」

Kは顔を赤く膨らませたまま返事もしない。私のスマホを確認しようともしない。追い打ちを掛けるように言ってやった。

「だいだいKさん、どうして何でもかんでも、他人の言うことを、わが意に沿わないと、ウソだと決めつけて怒鳴り声を張り上げるんですか。もういい歳なんですから、その悪い癖を直したほうがいいですよ」

私なりの読みもあった。KはRよりも安全だという読みだ。口煩いが手は出さないという確信があった。それはKが、平和主義者だというのでは決してなく、実のところ根はかなりの小心者だと察していたからだ。それは、ゼネコンの人間とか、元請の担当者に接する態度からうかがい知れた。仕事の進め方などに異論がある場合、筋肉男のRは、はっきりとそれを口にするが、その師匠と嘯くKは、異論を口にするどころか、その場をへいこらとごまかして、あとから陰で、あれこれ文句を言ったりするようなところがあるのだ。


Kの語る武勇伝もまことにお粗末なもので、それによるとKは、ある時傾斜地の造成を任された。十日の予定で請け負った工事を、半分の五日で終わらせた。ところが発注会社は五日分の日当しか払わない。

「そやから夜中に行って、整備した斜面をグッチャグッチャにしたってん。ザファミサラセやで」

鼻を膨らませて自慢げに言うのだが、そもそも請負仕事であったのであれば、発注会社も支払いを渋ったりはしないだろう。

要は自分がどれだけ有能なのか、自分を怒らせたらどれだけ怖いか、それを自慢したいのであろうが、そんなことを自慢げに披露すること自体が、ただの腹いせの作り話にしか聞こえないのだ。

私の抗議にKは唇をプルプルさせたまま何も言わない。思った通りだ。私はそんなKを無視して、共有部の台所を挟んで、襖一枚隔てた自室に戻った。弁当を食べ終わっていたのだから、それから小一時間も経っていただろうか。私の部屋の襖をホトホトと叩く音がする。襖を開けると、顔を赤く膨らませたままのKがいた。そしてこう言ったのだ。

「追い込んだるからな」と。

その言葉は徹底していた。Kなりに私を追い込み始めた。風呂場の石鹸やシャンプーを、自分の分は自室に引き上げ、私の分は私の部屋の前に乱雑に放り出すとか、トイレットペーパーを隠すとか、そんないじましい追い込みだったのだが、もっとも堪えたのは、共有部分の灯油ストーブまで自室に持ち込まれたことだった。

Kの言によれば、ストーブの灯油は、自分が仕事帰りに、ガソリンスタンドで買い求めているものであり、だから自分に占有権がある、おまえが使いたいのであれば、歩いて灯油を買いに行けと言う。

その車通勤にも触れておかなければならない。何しろ追い込みのあれこれの種類が多岐にわたるので、危うく忘れてしまうところだった。読者の皆さんには話が前後することをお許し願いたい。

さてその車通勤である。

私とKに与えられた通勤車両は一台だけだった。毎朝宿舎前の狭い駐車場で合流して出勤するのであるが、現場は八時のラジオ体操からの朝礼で始まる。定刻に出勤するためには三十分前には出なくてはならない。

追い込みが始まった時機は二月だった。車のキーはKが持っている。早めに行っても車内には入れない。とはいえ、私はその朝も、いつも通りに十分前には駐車場に着いていた。車がなかった。Kは私を置き去りにして出勤したのだ。朝礼時の点呼にいない作業員は、入場を許されないという取り決めなので、私はその日現場に穴を空けてしまった。

もちろん専務には抗議した。

「あらー、拗《こじ》らしてしもうたか」

それが専務の第一声だった。それからポツリと呟いた。

「やっぱり、アカンかったか」

私はその言葉を聞き咎めた。

「やっぱりて、どういう意味ですのん?」

「いや、Kは何かとムズイ人間なんや」

「けど、それが分かってて関西から呼びはったんでしょ」

「まぁ、そうやけどな。けどそうなったらもうアカンわ。Kは蛇並みに執念深い男やさかい」

「もうアカンて……私の代わりに誰かあっちの宿舎に住まわせますのんか？」

「いやアンタなら何とかなるかとも思うたんやけど……」

誰が行っても、たとえそれが筋肉男のRだとしても、同居は無理だと専務は言う。しかし宿舎の余裕もなく、とりあえず住むだけは、このまま住んで、通勤は電車で石巻駅まで出て、そこで元のパーティーのメンバーに拾ってもらうようにするというのが専務の提案だった。


私はそれに従うしかなかった。

それを耳にしたRから釘を刺された。

「石巻駅のロータリーの見えるとこにおれや。車からオッサンの姿が見えなんだら、そのまま通過するからな」

大方その日、私が現場に穴を空けた理由を、私が寝過ごして、駐車場に姿を見せなかったとでもKが吹聴したのだろう。

朝には自信がある私はRの言葉を聞き流し、さっそく帰りの石巻駅で時刻表を調べたのだが、朝の本数の少なさもあって、合流の時間に間に合わせるためには、始発電車に乗る必要があった。

それでも「同じ空気を吸うのも嫌だ」というのはKのことで、少々石巻駅到着時刻が早過ぎるが、始発電車でも構わないと、私は納得したのだった。


その夜は真っ直ぐ宿舎には戻らず、弁当を買ったコープの休憩コーナーで文庫本を読みながら、閉店時間まで粘った。

閉店後、宿舎に戻るとKはすでに眠っている気配で、その日以降、朝は四時前に宿舎を出て、夜は閉店までコープで粘るという生活が始まった。同じ宿舎に住みながら、爾来、Kと現場以外で顔を合わせることは一度も無かった。

さて灯油ストーブの話に戻る。

Rに自室に持ち込まれたせいで、私は二月の石巻を、暖房なしで過ごすことを余儀なくされた。

リサイクルの電気ストーブを買えばいいでしょうと、首を傾げる読者もおられると思う。電気ストーブが無理なら、電気毛布もあるだろう、そう思われる方もおられるだろう。

しかし何ぶんにも廃屋寸前の老朽家屋なのだ。そんなものを使用したら、一発でブレーカーが落ちてしまう。

メーターの容量を上げるという選択もある。そんなことは百も承知だ。しかしそのためはKと相談しなくてはならない。相談しないまでも、Kが在宅の時の工事が必要だ。

蛇蝎《だかつ》のごとく嫌うという言葉があるが、その時点でのKに対する私の気持ちは正にそれで、Kが起きている時間帯に、あの呪われた宿舎に滞在することなど到底耐えられなかったのだ。

どうせ理屈に合わない文句を言われるに決まっている。それくらいなら、厳冬の石巻を暖房なしで過ごそうと覚悟を決めたのである。

覚悟は決めたが冬の石巻は甘くはなかった。パジャマ代わりのジャージの下に、持っている股引を全て重ね着し、首にはネックウォーマーを巻き、厚手の靴下を履いて布団に包まるのだが、深夜には耐え難い寒さに襲われる。

繰り返して言うのは大家さんに申し訳なくも思えるのだが、何しろ廃屋寸前の借家なのだ。隙間風どころではなく、忍び込む冷気は如何ともし難いものがある。

二時、三時ともなると、寒さに目が覚める。窓ガラスが凍り付く音だろう、ピキピキと鳴って、それも眠りを妨げる。

始発電車は六時過ぎなのだが、堪らず私は部屋を出る。

深夜の石巻の冷気に身を屈め、私が向かう先は最寄り駅近くのコンビニだ。そこでカレーパンを買い求め、最寄り駅のロータリーに設置されている多目的トイレの便器に座り、レンジで温めてもらったカレーパンを食べ、熱い缶コーヒーを飲み、始発前に駅舎の扉が開くまで、文庫本で時間を潰す生活が始まった。

宿舎より、よほど密閉性の高い多目的トイレで、作業用の防寒着で過ごすほうが、布団で過ごすより快適なのだ。快適とはいえ、うつらうつらできるほどの快適さであるはずはない。何度も読み返している文庫本だけが、当時の私の心の拠り所だった。物語に逃避することで、現実を忘れるようにしていた。

〽貧しさに負けた
いいえ　世間に負けた

いきなり何が始まったのだとお思いだろうか。

これは昭和四十九年にリリースされた『初代さくらと一郎』が唄った『昭和枯れすゝき』の冒頭の歌詞である。

今の時代からすれば（実はここだけの話、当時でも）それほど見栄えが良いとは言えない、今風に言えば、インスタ映えしない男女二人の演歌歌手コンビの唄だ。

しかし馬鹿にはできない。この唄は、発売翌年の昭和五十年に大ブレイクした。百五十万枚のレコード売り上げ記録を達成し、その結果、同年のオリコンシングルチャートで一位に輝いた唄なのだ。

この唄がリリースされた前年の昭和四十八年に、日本は、昭和二十九年から始まり、十九年間にも及んだ高度成長期の終焉を迎えた。

毎年のように所得は上昇を続け、この世の春を謳歌した時代が静かに幕を閉じる時代に受け入れられた唄なのである。

高度成長期とは「東洋の奇跡」と讃えられた時代だった。

昭和三十一年生まれの私はそんな時代に少年期を過ごした。

この唄がリリースされた時点で、私は十八歳だったのだが、むしろ今の時代にこそ、この唄が相応しいのではないかと思える。

もう少しこの唄の歌詞の続きをご覧いただきたい。

〽この街も追われた
いっそきれいに死のうか
力の限り生きたから　未練などないわ
花さえ咲かぬ　二人は枯れすすき

どうだろう？　沁みるものがないだろうか。

ここまでお読みいただき、読者の皆さんは、思っておられるに違いない。どうして私が、そのような生活、境遇に甘んじたのか、どうして上司に訴え出なかったのか、月に四十万円の収入があったのであれば、離別した娘の母親とやらに窮状を伝え、何とかできたのではないか、そんな風に思っておられるのではないだろうか。

　しかしこれは順応なのだ。

　諦めとか自暴自棄というのではない。人間は環境の変化に、それが緩やかに起こるものであれば順応してしまうだ。


　未だご納得いただけないだろうか？　では皆さん自身のことを考えてみていただきたい。

　働き方改革？　生涯現役？　人生百年時代？　笑止千万ではないか。そんな掛け声のもと、皆さんの周りで何が起きているだろう。

　非正規雇用が当たり前になり、移民政策が導入され、働く機会、必要十分な収入を得る機会は、どんどん失われているのではないだろうか。その一方で、社会福祉制度はどんどん劣化している。

消費税増税のたびに言われるのが、福祉の原資の確保だ。しかし実際のところ、年金の受給年齢引き上げ議論は留まる所を知らない。受給額の減額も検討されている。消費税増税の裏側で、法人税は引き下げられている。

政治家の汚職は日常茶飯事に報道され、しかし誰も説明責任さえ負おうとはしない。それが必要だと口にこそするが、身を隠し、あるいは特別室が用意された病院に入院し、その期間の議員報酬は減額することもなく支払われる。

土木作業員だけが陰湿なのだろうか？

SNSに溢れる罵詈雑言はどうだろう。

多くの人が、他人や他国を匿名で誹謗中傷し、そんな彼らが結局結論するのが自己責任論ではないか。

美しい国？　日本が？

テレビ番組が垂れ流しする、日本を賛美する外国人観光客や、日本びいきの外国人のコメントに酔っている国民も少なくないのではないだろうか？

観光立国?

世界で一流と見做されるホテルを五十棟建設する?

そんなホテルに、皆さんのうちの何人の方が、投宿することができるのだろう?

白タクの一斉摘発で逮捕されたのは高齢者ばかりだった。

池袋で母子を轢き殺した〝上級国民〟とやらは逮捕されなかった。

無謀運転に至った理由は、フレンチレストランの予約に遅れそうだったからだというではないか。

こんな日本で暮らしながら、それでも皆さんは本気で怒ったりはしない。自分の頭で考えることもない。

池袋の加害者が〝上級国民〟というのであれば、当時の私は、紛れもなく〝下級国民〟だった。

読者の皆さんはどうだろう？

私は、私が実体験した末端土木作業員、除染作業員を通し、〝下級国民〟について考えようと意図した。

書き終えて、その書名を『下級国民A』とした。

中森明菜は『少女A』で唄っている。

〽特別じゃない　どこにもいるわ
ワ・タ・シ少女A

〝上級国民〟があるのなら、その対語は〝下級国民〟だろう。確かに末端土木作業員や除染作業員に従事するしかなかった私は〝下級国民〟だった。

しかし今の日本で、それは特別な存在なのだろうか。どこにでもいる存在なのではないだろうか。

厳寒の石巻の駅前のトイレでカレーパンを貪り食い、缶コーヒーで寒さを凌ぐ私と、どれほど違うと言うのだろう。皆さんの多くも、たぶんほどんどの方が、今に順応しているのではないだろうか。

非正規雇用が当たり前になっている。年金制度が崩壊し、老後の生活に不安しかない。七十歳、七十五歳まで、それは言葉を換えれば、死ぬまで働けと言われている。政治家は説明責任から逃げ隠れし、司法の公正さを信じられない。そういう「今」に順応してはいないか。

日本が格差社会になったといわれるようになって久しいが、厳格なヒエラルキーの底で暮らすということは、そういうことなのだ。順応するより他に自らを慰める手立てはないのだ。

些《いささ》か熱くなってしまった。話を元に戻そう。私は六十四歳の高齢者なのだ。口煩い爺の戯言だとお聞き逃しいただきたい。

さて、そんな生活に甘んじていた私であるが、まったく息抜きがなかったわけではない。

石巻市大街道北にあるスーパー銭湯の『元気の湯』だ。露店風呂も含め十種以上の浴場があり、レストランを兼ね備え、畳の間の休憩室では寝転ぶこともできる。

営業時間が九時から二十四時までと、オールナイトでないのが残念だが、それでも回数券を買えば、一回の利用が六百円程度なのだから、けっして高くはない。年中無休で営業しているのも助かる。

私は土曜日の作業終わりに石巻駅で通勤車両を降り、そこから徒歩で二十分ほどの『元気の湯』に足を向けた。寒さと疲労で疲れた体を癒し、閉館時間までをゆったりと過ごした。

そのまま宿舎に帰るわけではない。

翌日の日曜日は、Kも終日宿舎にいるのだ。テレビもないので、あのパズルゲームを、飽きもせず、延々とやっているのだろうが、そんな宿舎には帰りたくもない。

『元気の湯』を出た私は、また徒歩で、石巻駅裏の中里にある漫画喫茶の『自遊空間』を目指す。そこのフラットシートに横になり、日曜日の午前九時に『元気の湯』が開店するまで、十分な睡眠を摂るのだ。

そうやって土曜日の夜と日曜日の一日を過ごしながら、何とか石巻の冬を乗り切ろうと考えていた。

考えていたが乗り切れなかった。予期せぬ事態が起こってしまった。


三月の第二土曜日の夜中のことだった。その夜も『元気の湯』で汗を流し『自遊空間』のフラットシートに身を横たえていた。

突然、激しい腹痛に襲われた！

それまでも腹痛を覚えることはあったのだが、それを訝《いぶか》るには、あまりにも生活環境が劣悪過ぎた。市販の胃薬を服用して誤魔化していた。しかしその夜の腹痛は、とても誤魔化せるものではなかった。

それでも胃薬などもらおうと、フロントに足を向けたのだが、フロントに辿り着く前に、斃《たお》れてしまった。激痛に意識を失った。

意識が戻った私は病院の処置室にいた。ぼんやりとした意識のまま男性看護師の説明を受けた。

私は穿孔性虫垂炎による腹膜炎で、緊急手術を受けたとのことだった。救急車に乗った記憶はない。それどころか、救急通報をした記憶さえない。おそらく『自遊空間』のスタッフさんが救急車を呼んでくれたのだろう。

穿孔性虫垂炎による腹膜炎とは、盲腸が破裂して内容物が溢れ出し、感染によって腹膜炎を起こしていたという事らしい。

「危険な状態でした。危うく命を落とすところでしたね」

微笑みながら言う看護師の言葉にぞっとした。

もし宿舎で、あるいは駅前の多目的トイレで倒れていたら……。

多目的トイレはともかく、宿舎で気を失っていたとしても、危なかったのではないだろうか。

険悪な関係になっているKが、苦しむ私を無視したかも知れないし、気を失うほどの激痛に見舞われても、Kに助けを求めることはしなかったかも知れないのだ。

処置室から病室に移されたあとも、五日間は絶飲食で、女性看護師が水を含ませた脱脂綿で唇を拭いてくれるのだけが救いだった。未だ歩ける状態ではなかったので、看護師に断って、ベッドに寝転んだまま専務に携帯で連絡を入れた。

次の日曜日に見舞いに行くが、何か欲しいものはないかと訊かれたので、できるだけ厚めの文庫本が欲しいと所望した。

次の日曜日、専務は古本屋で買い求めた百円の値札シールが貼ってある文庫本を十冊持って見舞いに来てくれた。半分は既読だったが、喜んで押し頂いた。

二ヶ月余りの入院期間中、専務以外、パーティー仲間で見舞いに来たものは誰もいなかった。もとよりそんなことは期待もしていなかったので、落胆もしなかったが、驚いたことに、ダンプのタイヤ洗いでペアーを組んでいた、他社の作業員が見舞いに訪れてくれた。しかも見舞金として、熨斗袋に包んだ五千円までくれた。

それはただ五千円というのではない。厳寒の石巻で、跳ね返る泥水を頭から被りながら、一日労働した半分の、もしかしてそれ以上の五千円なのだ。ありがたくて涙が出そうになった。

その他にも二人の見舞客があった。一人は顔見知りだった。広島から、震災後の復興工事を見込んで、本店移転した土木会社の営業本部長で、未だ四十歳過ぎの人物だった。そして彼が伴ったのは、所属する会社の代表取締役社長だった。

どうしてそのような人物が見舞いに来たのか、若干の説明が必要だろう。タイヤ洗いの相棒が、その二人の会社の作業員だったのだ。

むろんそれだけの理由で、わざわざ営業本部長と社長が見舞いに訪れるはずはない。それは見舞いを兼ねた面接だった。

私がタイヤ洗いをしていた現場の元請会社は、日本で五指に入るスーパーゼネコンだった。そのスーパーゼネコンの子会社が一次下請で、私らのパーティーも、営業本部長の会社も、二次下請として現場に出入りしていた。

子会社とはいえ親がスーパーなのだ。日本全国を支店、営業所、出張所のネットワークでカバーし、年間売り上げは八百億を超える。二次下請けの会社からしてみれば、雲の上の会社なのだ。

ましてやスーパーゼネコンから派遣されている現場所長は、文字通りの雲上人だった。我々の前に姿を現すことなどほとんどなかった。

一度だけ、朝礼台に立ったことがある。

「あした大切なお客様を病院がお迎えする」

朝の挨拶もなくそう言って話し始め、所長が口にしたのは誰もが知る女優の名前だった。全国展開するその病院団体の親善大使を務める彼女が、翌日、被災地復興のために拡張工事を進める病院の視察に訪れるということだった。その説明役を仰せつかっているとか。

「おまえたちのような下賤《げせん》の者を、あの方にお見せするのは目の穢《けが》れであるが、もしあの方が、この現場に足を運ばれるようなことがあったケースを想定し、厳重に注意しておきたいことがある。おまえらは作業に集中し、決して手を止めたり、顔をあげたりしないように。あの方を一目拝みたいだのと考えないように。いいか、厳命しておくぞ」

恫喝《どうかつ》するように言ったのだ。

ここまでの話の流れで、読者の皆さんは、一作業員として働きながら、四十万円の月収を得ている、それじゃあ同じパーティーの他の作業員に苛められるのも無理はないだろう、とお考えかも知れない。

しかし違うのだ。最初の女川の現場こそ、専務の父親の社長のコネで得た現場であったが、それ以降の現場は、すべて私が営業部長として営業した結果得た現場なのだ。

ゼネコンには協力会という組織がある。

下請会社を囲い込むことを目的にした組織だ。

私たちのパーティーが所属する会社も、総合病院増築工事の一次下請である、スーパーゼネコンの子会社の仙台支店が呼び掛ける協力会に参加していた。

協力会では年に何度か、安全祈願とか名刺交換会とか、名目は変わるが、要は宴会が催される。その宴会に専務は出席しない。ネクタイを締めて参加する必要がある会を嫌がる。私は営業部長として参加していたのであるが、その会場で、名刺交換をしたのが見舞いに来てくれた営業本部長なのだ。

「お噂はかねがね、なかなかのやり手じゃと、石巻出張所のF所長から聞いとりますけん」

名刺交換の折にSと名乗った営業本部長は、私のことをそう評してくれた。営業部長とは半ば名ばかりで、普段は作業員として現場に出る私と違い、Sは名刺通り、正真正銘の営業本部長だった。

S本部長は、営業とは別に、元請会社への挨拶を兼ねて、自社の現場を視察するのだが、病院造成工事の現場を訪れた折に、協力会で名刺交換した営業部長である私が、泥水塗れになって、タイヤ洗いをしていたことに、たいそう驚いたのだ。

社長と面会に訪れた二日後、Sは再訪して言った。

「どうかのう。相談じゃけんど、うちの会社に移籍せんか。うちの会社じゃったらタイヤ洗いなんぞやらさせんけぇ」

報酬は今と同額支払うと言う。そう言われてみれば、前回見舞いに訪れた際に、会話の流れで給料を訊かれたことを思い出した。

ずいぶんと立ち入ったことを訊くものだとその時は感じたが、そういうことだったのかと得心した。

即答はしなかった。二、三日考えさせてほしいと返答した。

「まっ、今の会社とも相談せにゃあいけんじゃろうけぇ、二、三日なら待たんことはないけんど、ウチの親方も気の短いほうじゃけぇ、早めに答えをつかぁさい」

そう言い残してSは病室を後にした。

私はそれほど迷っていたわけではない。Kのこともあるが、病院の現場が決まる前に専務から言われていたことがあったのだ。

「こっちゃで太い会社との繋がりもでけたし、もう営業のほうはええんと違うやろうか」

それに続いて専務は言った。

給料を皆と同じような日給月給にしたいと。

「オカンが煩うてな」

と、言い訳もした。

専務の言う太い会社とは、道路工事の下請をした地元石巻のゼネコン、業界で言うところの『地場ゼネ』で、その言は、私がスーパーゼネコンの下請工事を拾ったことで撤回されたのだが、いつまたそんなことを言われるかも知れないという懸念が払拭できずにいた。何しろ給料引き下げの理由が「オカン」なのだ。

それでも私が躊躇したのは、専務の会社であれば、いずれ私を必要とすることがあるだろうということと、それより何より、東北に来る以前、それは三年も前のことになってしまったが、儲けが出たら折半と交わした約束が捨てきれなかったからだ。

東北での初期投資に、兵庫在住の社長は、手持ちの重機まで売って資金を捻出してくれたらしい。道路工事でそこそこの儲けは出ただろうが、重機を買い戻すまでには至っていない。

しかし今のままの体制を維持すれば、そのうちに必ず儲けが出る。そうなれば、給料の四十万円に加えて、その半分が私の懐に入ってくる。Ｓの会社に移ったら、それはただの勤め人になるということで、余禄は望めないだろう。それが私の躊躇の理由だった。

読書の皆さんは、私のことをずいぶんと欲の深い奴だと思われるだろうか？　しかしそう思うには思う理由があったのだ。それをご納得いただくために、ここでしばらく中休みを入れたい。私が土木の仕事に入るまでの経緯をご紹介しておく。

Aに至る経緯

私は三十五歳で起業し、以来二十年間会社を経営した。ゴルフ場のコース管理、有体に言えば芝刈りをする会社ということになるが、コース管理はそれほど簡単な仕事ではない。

日本においては依然その専門性も社会的地位も評価されているとは言い難いが、例えばアメリカにおいて、コース管理責任者は、少なくとも弁護士よりも社会的評価が高い。一流の管理者ともなれば、プール付きの豪邸住まいは当然のことだ。

ゴルフ発祥の地と言われるイギリスにおいて、名門中の名門コースとして、誰もが異論を唱えないのが、セントアンドリュースゴルフクラブであろう。世界最古のゴルフ場としても知られ、ゴルフの聖地とも呼ばれている。

そのセントアンドリュースゴルフクラブにおいて、ゴルファーであれば、一度はプレーしてみたいと望むのがセントアンドリュース・オールドコースだ。しかし予約を取るのは、そうそう簡単なものではない。

あるとき私の先輩ゴルフ場コース管理責任者が、彼の地を訪れた。フロントで、自分の職業を明かし、プレーは望まないが、せめてコースの端っこでも見学させてもらえないだろうかと、片言の英語で願い出た。

それを聞いたフロントマンは、ぜひプレーしてみてくれと答えたのだ。それほどコース管理責任者というのは、高く評価されている職業なのだ。

年に一度、アメリカにおいては、大規模なトレードショーが開催される。ゴルフ場管理機械を中心に、農薬、肥料、その他芝生管理に関連する機材・資材メーカーが一堂に会する展示会だ。

展示会では各種セミナーも開催され、それを目当てに集まるコース管理従事者も少なくない。

私も毎年渡米しその展示会に参加したが、商品を仔細に見て回るだけで三日を要する。その規模も驚きなのだが、もっと驚いたのが、ニューオーリンズで開催された展示会において目にした光景だった。

申込み手配が遅れた筆者は、トレードショーが開催されている近隣のホテルが確保できず、郊外のモーテルに投宿した。朝食はセルフサービスのコーヒーとパンだけという食堂に、多くの若者が参集していた。彼らは将来のコース管理責任者を目指し自主勉強会を開催していた。味のないパンを齧りながらの勉強会は、トレードショーが始まる前の早朝から開催され、その熱気に圧倒された。

トレードショーを視察した後に訪れた名門ゴルフ場でも驚きの連続だった。たとえばジョージア州アトランタで行われたトレードショーの近隣のオーガスタには、名門中の名門であるオーガスタナショナルゴルフクラブがある。世界的なトーナメントであるマスターズオープンが開催されるコースだ。

本コースは『球聖』、あるいは『ゴルフの神髄』と称えられたボビー・ジョーンズが発案し、設計にも関与した。

彼は生涯アマチュアゴルファーとしてプレーし、往時の世界四大ゴルフトーナメントすべてを制し、『グランド・スラム』という呼称が最初に与えられた人物でもある。

オーガスタナショナルは、その難易度が高く、特にその世界に類を見ない高速グリーンは『ガラスのグリーン』もしくは『魔女の棲むグリーン』とゴルファーから恐れられた。いくつかのホールは、神に祈るほか手立てがないことより『アーメン・コーナー』とも呼ばれている。

当該コースの名物ホールとして挙げられるのが、十三ショートホールだ。標的とするグリーンが、クリークとバンカーに阻まれた難易度もさることながら、このホールを特徴付けているのが、ホールを囲んで咲き誇るアゼリア（西洋ツツジ）なのだが、どうしてマスターズトーナメントの期間中に合わせるように満開になるのか、テレビ観戦しながら常々不思議に思っていた。

植物である以上、その年の気候に左右され、開花が早まったり、遅くなったりするだろう。それが普通の考えである。毎年トーナメントウイークを待って花が満開になることなど考え難いのだ。

現地に赴いてその謎が解けた。

開花が遅くなることはない、だいたい早く咲いてしまうらしい。それを妨げるために、トーナメント開催期間の前から、ドライアイスの霧を噴霧し、開花を遅らせているというのである。

それだけではない。

当該コースは松林でセパレートされているコースであるが、その落ち葉である松の葉を、大会前に掻き集め、集めた松葉を井桁にして敷き直していたのだ。芝生以外にもそれだけの手間を掛けていることに驚かされた。しかしそうなると、その人件費は？　という疑問に当然行き当たる。

それは杞憂だ。

トーナメント開催前から、全米はいうに及ばず世界中から、マスターズのコースセッティングに参加したいと願うコース管理者がボランティアで訪れる。ただの作業員では採用されない。それなりの経験を積んだ、そして地元に戻れば名門コースと認められたコース管理者が、一作業員として、何十人単位で汗を流すのだ。

同じような驚きは、アメリカ随一のパブリックコースであるペブルビーチゴルフリンクスにもあった。いくつかのホールのバンカーは深く、その斜面にまで白砂が掻き上げられているのだが、テレビで観る限り、どう考えても、あの傾斜に砂を落ち着かせるのは無理だと思っていた。

これも現地に赴いて謎が解けた。掻き上げているのでは無かった。砂に糊を混合して吹き付けていると知って唖然とした。そこまでやるのかと呆れもした。

コース管理業界には言い伝えがある。「イギリスで生まれ、アメリカで加工され、日本でダメにされた」という言い伝えだ。その日本のゴルフ場のコース管理に従事し、「確かに」と思えることが多々あった。

私がゴルフ業界に関わったのはちょうどバブル景気終焉の時期だった。バブルの崩壊を目の当たりしながら、すでに計画、着工されているゴルフ場が続々とオープンしていた。

今でこそ、キャディーのいないセルフプレーが当たり前になっているが、当時は未だ、キャディーがいないゴルフ場など三流だと見做されていた。したがって、グランドオープンまでにはなんとしてもキャディーを確保しなくてはならない、そう迫られたゴルフ場経営者らが目を付けたのが地方の高校だ。求人目的で高校に出向き、根こそぎ女子高校生を雇用するということが行われた。関西地区においては、九州の高校が狙われていた。

もちろん高卒女子としては破格の条件が提示された。

月給は二十五万円、宿舎として建設されるワンルームマンションの一階にコンビニエンスストアーが用意され、さらに地下には、プール付きのフィットネスクラブまである。

それだけではない。

通勤用に新車の軽自動車がプレゼントされ、自動車免許は合宿制の教習場で取得できる。もちろん全額会社負担だ。さらに出勤日数に応じて、日数分掛ける一万円の化粧手当が支給される。

馬鹿なと思われるかもしれないが、そんな時代もあったのだ。


さらにキャディーらには、客であるプレーヤーからのチップもある。ただしこれは、あまり羨ましいとも思わなかった。

ある日私が、スタートホールで見かけた光景を紹介すればお分かりいただけるだろう。

客が一万円札をヒラヒラさせながら宣《のたま》っていた。

「いいか、ボールの行方をちゃんと見るんだぞ。見失うんじゃないぞ。今日一日、オマエはオレの犬になれ。犬のようにボールを追い駆けろ。分かったか」

キャディーがこくりと頷いた。

「よし、それならここで三回まわってワンと言え」

こんな客もいたのである。とても羨ましいとは思えなかった。


どれほどゴルフ場が急拵えでキャディーを掻き集めたか、それを如実に語るエピソードがある。

コース巡回のスタートホールで客と会ってしまった、フェアウエイ第二打地点だった。早めにプレーを始めた組だったのだろう。


客がおぼこ顔のキャディーに訊ねた。

「グリーンまではどれくらい？」

距離を訊いているのだ。普通であれば何ヤードと答える場面だ。

「さあ、歩いて五分くらいですかね」

不動産屋みたいな答えに客が笑い転げた。


キャディーが優遇される一方で、コース管理作業員にはまるでバブルの恩恵は零れてこなかった。ただの肉体作業員としか見られなかった。無理もない。アメリカでは若いコース管理部員が、将来のコース管理責任者を夢見て、自主的に勉強会までしているのだ。

一方で日本はどうだったかというと、ゴルフ場の用地買収で農地を失った、あるいは山持ちだった農家に声が掛かり、そのままコース管理責任者に着任するということが当たり前だった。

米を育てた経験があるのだから、芝生の管理もできるだろうと、ゴルフ場側にもその程度の認識しかなかった。安直としか言えないような理由で雇用されたのだ。

再び海外の事例で申し訳ないが、トーナメントの優勝者がそのスピーチで、決まって口にする言葉がある。

「コースを完璧に仕上げてくれたコース管理の人たちに感謝します」

と、言う。

表彰式の席次にもその気持ちは表れている。もっとも上座に着席するのがコースの理事長で、その隣に座るのがコース管理責任者なのだ。

これが日本の場合だとどうなるか。

席次どころの問題ではない。

選手が集うクラブハウスへの立ち入りも禁止される。

あるとき、どうしても確認したいことがあったコース管理責任者が、支配人を探してクラブハウスに立ち入った。彼は「作業服姿で何をしているんだ」と、罵声を浴びて追い出された。

なぜこうも延々前書きでゴルフ場の話をするかというと、実はバブルのころ、そしてそれから二十年間ほど、筆者はあちら側の人間だった。こちら側、すなわち底辺と言われる側に住み着いたのは、会社を破たんさせた五十五歳からで、それまでは、非正規雇用者の哀愁など知る由もなかったのだ。

生活も贅沢なものだった。

何しろ全国十二ヶ所のゴルフ場のコース管理を請け負う会社を経営し、年収は二千四百万円、それに加えて会社の経費も潤沢に使えた。

恥を晒すが、往時の生活の一端をご紹介すると、ある夜私は、当時馴染みにしていた赤坂の白人ポールダンサーの店に足を運んだ。チップなどを含めれば、一晩で百万円が溶けてしまう店だ。

閉店後、イタリア人マネージャーと、数人の白人ダンサーをアフターの高級焼き肉店に誘った。その途上、彼女らを伴って、ハプニングバーを訪れた。煽情的な衣服をまとい、全員がモデル級のスタイルをしたポールダンサーたちの乱入に、「何が始まるのか?」と驚愕し、また期待に身悶えする男性客らを横目で見下しながら、陰険な悦びを覚えていた。今にして思えばとんでもないゲス野郎だったのだ。

言い訳をするのではないが、だからこそ、落ちぶれた後に出会った、底辺で生きる人たちを冷静に観察できたとも言える。観察というのが不遜であれば客観視することができた。私が見たこと、やったこと、感じたこと、考えたこと、そのすべてを包み隠さず書きたい。

職を失った男性が、とりあえず思いつくのが土木作業員だろう。現在懇意にさせていただいている若い俳優さんも、この仕事で日銭を稼ぎながら、将来を夢見て俳優業を続けておられる。

ただし私の場合は、会社を破たんさせたのが五十五歳の折で、そのまま土木作業員になったわけではない。冒頭に書いたような経緯で土木の世界に身を投じたのだ。

当時会社の破たんを取り繕いながら、唯一契約が継続されていた兵庫県の名門ゴルフ場に通っていた。芝生のコンサルティングという仕事だった。日当は最盛期で百万円、景気の後退とともに段階を踏んで減額され、当時は十七万円にまで下がっていた。しかしそれでも一日顔を出せば十七万円なのだ。月に二回で三十四万円の収入を得る身だった。けっして生活できないという金額ではない。

小説家となった今、あのころの生活を思い出すと、忸怩《じくじ》たるものがある。月に二日働いて、生活に必要な金員が得られるのだから、どうしてあの時点で小説を書こうとしなかったのか。精進しなかったのか。

私は過去の栄華が忘れられず、再復帰を期してあれこれとビジネスネタを探していたのだ。

そんな経緯があって被災地に乗り込んだのだから、三年経ってなお、私は過去の栄華を忘れられずにいた。だから迷った。

自分を真っ当に評価してくれるSの会社に移るべきか、それとも将来の余禄が見込める専務のもとに残るべきか。

それを両天秤に掛けた。天秤はなかなか定まらなかった。

しかし与えられた猶予は三日間だ。

私は賭けるつもりで専務を病室に呼び出した。そしてSに誘われていることを打ち明けた。これだけの大手術をして、退院後も土木作業を続ける自信がないとも告げた。

専務は間を置かずに言ってくれた。

「そらアンタの体が利かんことも重々承知や。今度な、うちの会社で事務所借りよう思てるねん。もう東北支店みたいなもんがな、あってもええやろて思うんや。ついてはな、そこに常駐して欲しいねん。もう現場に出んでもええさかいにな」

それを言われたのに気を良くして、宿舎のことも訊いてみた。Sの会社は宿舎を手当てしてくれるとブラフをかました。

「そらできんわ。作業から外れるうえに宿舎までて。事務所借りるんにも金が掛かんねん。この上、宿舎まで借りるとなったら、ウチのオカンキレてまいよるわ」

また「オカン」だ。私はそれを聞いて、会社を移ろうと決心した。

仙台市／土木作業員宿舎

初夏に退院した。

直ぐにSの会社に移ったわけではない。一ヶ月の猶予を願い出た。

専務が事務所を借りて、それを東北支店として登記するなら、管轄する役所への届け出も必要となる。正式な登記となれば、就業規則などの社内規程も整備しなくてはならない。

せめてその事務手続きを手伝いたい。

そう申し出てSの了解を得た。

Sは簡単に了解してくれた。

それは土木業界の慣行によるところが大きかったのだろう。

土木業界で、引き抜きは、絶対してはならない御法度なのだ。出入りというほど大袈裟なものではないが、会社どうしの喧嘩に繋がることさえある。したがって会社を移籍する場合は、辞める会社の了解が必要不可欠となる。

このあたりの制約は、憲法に定める職業選択の自由を蔑ろにするものと思えなくもないが、彼らが重要視するのが憲法よりもメンツであることは言うまでもない。

それがあるからSも快く了解してくれたのだろう。

Sが仙台駅裏に用意してくれた宿舎に落ち着き、最初の二週間は腹部の痛みが強く、煙草を買いに出るのも難儀するくらいであったが、それも何とか収まり、仙台から石巻へバスで通う日々が始まった。当時仙台と石巻を結ぶ仙石線は、依然として一部区間が不通だった。そこをバスで代行運行していた。乗り換えの手間を思って直行バスを選んだ。


さて、仙台で私が与えられた宿舎であるが、それはプレハブ住宅であるものの、造作はしっかりしたもので、作業員らが二人ずつ住む六畳の一室を、私は一人で利用することを許された。

食事はバイキング形式で、担当の女性が昼前に出勤して総菜をいくつかの大皿に作り置きしてくれる。

朝食も同じ女性が、早朝から用意してくれる。

味にも量にも不満はなかった。

それを大食堂で食べる作業員は三十人ほどだ。

一週間もしないうちに、私はその宿舎に、二種類の作業員がいることに気付いた。一つは私のよく知る土木作業員グループだ。もう一つのグループは、見た目こそ土木作業員なのであるが、微妙に私が知るそれとは空気が違った。そしてそれら二つのグループは、どちらも喋る言葉は広島弁なのだが、いがみ合っているというではなく、交わろうとしていなかった。

その感想を素直に告げるとSからこのような答えが返ってきた。

「アンタの言うちゃんとした作業員は、うちの工事部長が連れてきた本職の土木屋じゃ。もう一つのほうは、オレが広島で掻き集めてきた半端者じゃ。ま、半端者という点では、オレも人のことを言えた義理じゃないけんどのぉ」

そう笑うSは、もともと広島では個人で中古車ディーラーを営んでいたらしい。日本の中古車を、東南アジアに販売する仕事だったという。その交渉力を見込まれて、社長直々のご指名で仙台まで来たらしい。

「半端者とは？」

「まあヤクザじゃないけどシロウトでもない、そがいな感じじゃわ」

それも明るく答えたが、言葉通りにとれば微妙過ぎる内容に、それ以上踏み込んで訊くのが躊躇された。

確かにSのいう半端者グループには、変わり者が何人かいた。

例えばある作業員は部屋で蛇を飼っていた。

蛇を飼っているだけで変わり者とは思わないが、その蛇は、現場で捕まえて持ち帰ったものなのだ。いやそれでも、変わり者と断定するものではない。

問題は、その飼育方法だ。

それが飼育と言っていいのかどうか迷うところではあるが、彼は二匹の蛇を、一匹はアオダイショウでもう一匹はヤマカガシなのであるが、それを小さな虫かごで飼っているのである。

虫かごにようやく収まっている二匹の蛇は、絡まり合い、団子になり、ピクりとも動かない。

　宿舎の部屋はカーペット張りで、スリッパを脱ぐ三和土《たたき》にそれが置いてあるのを見掛けただけなのだが、生きているのか死んでいるのか、艶めかしい蛇皮であるから、おそらく生きているのであろうが、その部屋から漂い出る蛇の臭いたるや、思わず顔を背けたくなるような、それでいて思わず吸ってしまう、とてつもない異臭なのだ。

　私以外は二人部屋なので、同居している作業員は、あの異臭を嗅ぎながら寝起きしているわけで、飼っている本人だけでなく、同居している作業員も変人であると断じざるを得ない。


　他にも夜中に毛抜きで髭を抜いている作業員がいた。手洗い場の鏡を頼りに、延々と髭を抜いているのだ。その頬には血が滲んでいる。これも不審に思いSに訊いたところ、驚くようなことを語ってくれた。

「あいつは元々シャブ中でしてね、何かが気になると、それを放っとけんようになるんじゃ。オレもその手のクスリは、ほら東南アジアじゃと付き合いでね、試してみたことがあるんじゃけど、中毒になるほどはやらんじゃった。気にせいでもええですけぇ。もし次にシャブを喰うたら、即刻クビじゃ言い聞かしとりますけぇ」

S自身にも覚醒剤使用の経験があると言われた私は、

「はぁ、そうですか」

と、間の抜けた返事しかできなかった。

で、作業員らはさておき、新しい会社での仕事であるが、社長はよほど金を貯めこんでいるのか、頻繁に儲け話が持ち込まれる。

そもそもどうしてそんなに儲け話が持ち込まれるのか、社長の本業が、土木事業ではないことは確かなのだが、その先のことが私にはまったく分からないのである。

社長は土木業の他にも、仙台で土木関係資材の商社も経営していた。かと思えば、東北随一の繁華街である仙台市国分町に、高級和食料理店を構えていたり、女性を置いている高級クラブも何軒か経営しているようだった。仙台駅裏の作業員宿舎の土地も社長名義で、プレハブハウスとはいえ、かなりの敷地面積になるそれの取得に億単位の金をつぎ込んだらしい。

それだけではない。

土木資材の商社も、高級日本料理店も、クラブも、社員をそのまま雇用するという条件で買い取ったもので、唯一買い取る会社が見つからなかった土木会社だけは、休眠会社を探し出して買い取り、前述の作業員宿舎を作り、広島から実働部隊を連れて来たのだとSは言う。

それが三年前だったとのことなのだから、Sの社長は、震災直後の仙台に、どれだけの金をつぎ込んだというのだろう。

その筋では、と言っても、どの筋か分からないし、分かりたくもない私だったが、社長は結構な有名人で、持ち込まれてくる儲け話も、持ち込んでくる相手も、事業を営む宮城県だけではなく、また出身地の広島県だけでもなく、それは全国各地に及ぶ。

例えば沖縄のとある漁港が、河川からの砂の流入で水深が浅くなり、漁師が困っている、漁協の同意書は得ているので、その漁港の浚渫《しゅんせつ》工事を請け負わないか。浚渫で排出された砂は、米軍基地の移転が予定されている辺野古の埋め立て工事を行う会社が買い上げてくれる。

こんな話もあった。

福島においては、福島第一原発が事故を起こして発電を停止したことにより、今後深刻な電力不足が懸念される。ついては火力発電所を建設する必要に迫られる。しかし電力不足は福島に限ったことではなく、日本全体の問題だ。したがって今後は石炭も枯渇し高騰するであろう。

その一方で被災地には津波瓦礫である家屋の柱や梁など、木質瓦礫が各地に山積みになり、どこの自治体も、その焼却処分に頭を抱えている。これを燃料に使わない手はない。

そのような話が、ひっきりなしに持ち込まれるのである。そしてそれらすべてに共通しているのが、「ついては計画成就のため、活動資金が必要になる。それを拠出していただけないだろうか」という締めくくりの言葉である。

私に与えられた職務は、社長と提案者との会合に臨席し、それらの提案の裏付け・精査を行い、評価レポートを作成するというものだった。結果どれもこれも眉唾物で、なかには火力発電所のように、精査するまでもなく、穴が露見する提案もあった。

「イチエフの停止で、福島の電力不足が懸念されるとのことですが、イチエフで発電された電力は、震災以前から、すべて東京に送電されていたのではないでしょうか」

そんな質問を入れるだけで、相手はしどろもどろになる。

イチエフとは、福島第一原発の愛称であるのだが、そんなことさえ知らないのである。お話にもならない。

裏取りのために、社長を伴い現地を視察に行ったこともある。場所は福島県南相馬市だった。

こんな話が持ち込まれた。

今後福島においては、家屋の解体が進むと思われる。津波で被災した家屋だけでなく、福島第一原発の事故後、居住禁止区域に指定された家屋の解体も進むだろう。

ここまでのストーリーは、あながち間違っているとは言えない。確かに福島においては、他の被災地に比べ津波瓦礫の収集運搬や、被災した家屋の解体が遅れていた。

さらに居住制限区域の家屋については、制限解除後、帰還する意思のない住民に対し、その家屋を解体すれば、別途高額な補償金が支払われるという公示がなされていた。

期限を区切った公示であったが、その話が公示されるや否や、多くの住民が解体を申請し、期限内にその取りまとめ、解体着工が間に合わないという事態が発生していたのである。結果、補償金支払い認可の期限は延長されたりしていた。

提案者の話は続く。

しかし居住制限区域の家屋を解体したところで、高濃度放射性物質に侵されている可能性のある解体廃棄物を、他県で受け入れることは困難である。

これも正しいとも思えなくもない。

国はイチエフの高濃度放射性物質に汚染された廃棄物を、国が指定する中間貯蔵施設に集積することを定めていたのである。

国が指定する中間貯蔵所は福島県内に限られ、三十年以内の期間を経て、再度国が選定し、指定する最終処分所に移動するという決定がなされていた。

この決定に関しては、国が決めたことであり、しかしその報道を知って私は思った。

原発から二百キロ近く離れ、検査の結果、放射線が確認されなかった陸前高田市の震災瓦礫の受け入れさえ、被災地以外の都道府県では拒否されたのだ。

ご記憶の方もおられるかと思うが、陸前高田市では、津波で沿岸の防風林である松林が総倒れになる中、たった一本だけ残った松の木が『奇跡の一本松』として、全国に喧伝《けんでん》され、復興のシンボル、ならびに観光名所となった。結局その松も枯れてしまうのだが、それはさておき、避難区域の家屋解体瓦礫が、福島県以外で受け入れられない可能性は十分に考えられる。

陸前高田市は、震災の年の夏に、京都市、ならびに大文字保存会に護摩木の奉納を願い出た。その一枚一枚に震災の犠牲者の氏名、そして復興の願いを書き認めた護摩木だった。しかし放射能汚染を懸念する京都市民の激しい反対の声に、大文字保存会は、いったん受け入れを承諾していた護摩木の受け取りを拒否した。

京都市の名誉のために書き添えておくが、ただ拒否しただけではない。大文字保存会は拒否する代わりに、護摩木に記された文言を、別の護摩木に書き写して、被災地の住民の心を、大文字焼きで供養したのである。

放射能の心配のない護摩木でさえ、そんな扱いを受けたのであるから、原発廃棄物の最終処分地として名乗りを上げる他府県があるだろうか。そもそもそれを決めたのが政治家なのか、霞が関の高級官僚なのか、それは別として、決めた人間が三十年後も生きているのか。生きているとしても、現役で働いているのか。

私には、その決定が、問題の先送りにしか思えなかった。

さらに提案者の話は続く。

環境省は、避難指定区域の解体を行う業者への発注の条件として、解体瓦礫の集積場所の確保を義務付けている。

フン、フンと、社長の隣で頷きながら、私は提案者の話を聞いた。

確かに福島で一大産業になっているとも言える除染事業の元請会社は、大手ゼネコンであるのだが、避難指定区域の除染に関しては、環境省の直轄事業になっている。

提案者の話が結論に近付く。

私は環境省に太いパイプがある。そのうえ、市の一部が原発二十キロ圏内にあって、そこが避難指定区域に指定されている南相馬市において、五万平米の広大な用地を所有し、原発事故以降の風評被害で、事業を断念した養豚業者と、その土地を五年契約で借用する話も付いている。

このあたりで、社長も前のめりになる。

「ついては……」

またそれだ。

「その借地料として、五千万円を用意してもらえないだろうか」

この申し出で話は一気に胡散臭くなる。

しかし社長は乗り気の姿勢を崩さず、一度その養豚所跡を視察したいとまで言い出すのだ。


社長が希望した視察日以前に、私はネット検索で南相馬市の避難区域、具体的には小高区の男性で、その時点では、南相馬市原町区に避難・居住している男性と接触した。男性がアップしているブログから話し掛けて、面談に至ったのだ。

その男性とは、南相馬市原町区にある『道の駅・南相馬』で面談した。で、男性の話はこうだった。

大筋では間違ってはいない。しかし現在避難区域の家屋解体は、もともと南相馬市小高区に所在していた産業廃棄物業者二社が独占しており、それ以外の会社が受注できるとは考え難い。

要約するとそういうことで、その二社の社名は私も知っていた。小高区から避難した男性と面談する前に、環境省の契約・入札情報をネットでチェックしていた。確かに、避難指定区域の家屋解体事業を落札していたのが、男性が口にした二社だったのだ。

それを報告しても社長は視察に行きたいと希望した。

社長の真意は、家屋解体工事の受注も魅力的だが、それ以外に、その男性が、言葉の通り環境省に太いパイプがあるのであれば、今後の事業展開を見据え、環境省の現地担当者と名刺交換もしておきたい、というものだった。

このあたりは、仙台市において多額の資金を投入し、土木会社、その資材商社、高級和食店やクラブを展開する、言葉を選ばずに言えば、他人の不幸に付け込むハイエナ体質と思えなくもないが、そもそも私自身が被災地を目指したのも、そのハイエナ体質であるのだから、社長のことを悪しざまに言う資格などないだろう。

さらにそれまでに持ち込まれた案件は、すべて不調に終わっており、私には、ここらで一発成果を上げなくてはという焦りもあった。

約束の日、仙台駅前のホテルのロビーで提案者を迎えた私は、Sがハンドルを握り、社長が同乗する高級ワンボックスカーで南相馬市を目指した。

結論から申し上げると、視察は散々だった。

まず件《くだん》の養豚所であるが、確かに豚舎が並ぶ敷地面積こそ、それなりの面積があったのだが、如何せん、そこに至る進入路が狭過ぎる。

解体家屋の産業廃棄物を搬入するためには、十トンダンプが必要だが、とてもそのサイズのダンプが通行可能だとは思えない。

私の指摘に対し、このあたりの山林も養豚業者の所有なので、道路の拡幅工事も可能だと提案者は言うが、私には、その言葉が場当たり的な言葉としか聞こえなかった。

さらに決定的だったのが、環境省の出先機関に赴いた時のことである。

男性は入り口を入ってすぐの狭い受け付けで、面談を希望する相手の氏名を告げたのであるが、かなりの時間を待たされて、ようやく現れた相手の第一声に、私はすべてを諦めた。

「またアンタかよ。うちもいろいろと忙しんだ。もう来ないでくれと何度も言ったじゃないか」

まさに門前払いとはこのことである。

そのことだけで、提案者の訴えは瓦解しているはずなのに、仙台市への帰路の車中で彼はまだまだ粘るのである。

「私がパイプを持っているのは霞が関のもっと偉い人で、南相馬の出張所に都落ちしている下っ端役人なんぞ、私の知り合いの中央官僚からしたらゴミみたいなものですよ」

などと必死に取り繕うのだが、その段階で、同乗する人間で、男性の言葉に相槌を打つものさえおらず、完全無視の息苦しいなかを、私たち一行は仙台へと帰り着いたのである。

仙台のホテルで男性を放り投げるように降ろし、私たちが向かったのは、社長が経営する高級和食料理店だった。

私は何度目かの事業不調に、とても食欲などなかったのだが、社長から、折り入って頼みたいことがあると言われたのでは付き合わざるを得なかった。

仙台の郷土料理を愉しむ余裕もない私に、社長から告げられた頼みとは次の二点であった。

南相馬市における家屋解体の話はともかくとして、自分は、避難区域の用地買収に強い関心を持っている。原発に近ければ近いほどいい。どこかそのような土地を探してくれないか。

これが一点目だ。二点目はこんな話だった。

東南アジアやアフリカの開発途上国から、研修生を労働者として受け入れる制度があるらしい。うちでも何人か、いや何人などと言わず、何十人単位で、研修生を受け入れて、それを作業員として使役したい。途上国の人間だから、安く使えるに違いない。そのルートを開拓してもらえないか。

どちらも胡散臭い話である。プンプン臭う。

最初の話、事故を起こした原発近隣の土地を買収しようなど、その目的を社長は口にしなかったが、いずれ良からぬ企みがあるに違いない。

二点目もそうだ。

途上国の人間なら日本人より安い人件費で働かせることができるだろうなど、まさしくブラック企業の発想ではないか。

石巻市の専務の会社を辞して、仙台に移り住んだことを後悔し始めていた私であったが、いまさら戻るとは言えない。専務であれば迎え入れてくれる可能性もあるかも知れないが、目の前に居る強面の社長や営業本部長のSが、そう簡単に足抜けを許してくれるとも思えない。

その時点で高校を卒業していた娘は未だ成人前で、最低でも、娘が成人するまでは責任を持つと娘の母親と約束し、それはその場の言い逃れではなく、本気でそう考えていた私なのだ。あれこれ考えるまでもなく、社長の言う言葉に首を縦に振る他なかったのである。

私が最初に着手したのは、どちらかと言えば、取り組みやすく思えた途上国からの研修生受け入れ制度だった。それを安価で使えるなど、ブラック企業並みの発想に抵抗はあったが、きれいごとを言って、他人の心配をしている場合ではなかった。

さっそくその制度について調べ始めた。

調べてみて分かったことだが、途上国の人間だからといって、安く使えるわけではない。制度が決めるところでは、同じ仕事をする日本人と同等の賃金を支払うことが義務付けられている。しかもそれ以上に、研修生が適切に雇用されているかどうか、それをチェックする受け入れ窓口があり、そこに対して、相応の経費支払いの義務も生じる。

それを知って諦めたわけではない。

世の中には裏があって当然だ。外国人研修生のパスポートを預かることで、脱走を防止したりしているという報道も耳にした。

あるいは繁華街であれば、どこに行っても見掛けるフィリピンパブの例がある。仙台市の繁華街である国分町はもちろんのこと、石巻市の繁華街である立町にも、一軒や二軒ではなくフィリピンパブは存在した。

彼女らには単純接客業としての労働ビザは認められていない。すなわちホステス業では労働ビザが下りないのだ。芸能を根拠とした、タレントとしてのビザしか発行されない仕組みになっている。

したがってフィリピンパブにおいては、他の飲食店や風俗店のように、フィリピーナを、ホステスとかキャストとは称しない。タレントと称して違法性を薄めている。実際のところはどうなのかというと、ホステス、あるいはもっと際どい仕事に従事しているではないか。本人の意思がどうかに関わらずだ。

それが世間というものだ。

私は外国人研修生の受け入れ窓口を訪ねてみた。

そのうちの一軒は、宮城県と山形県に本店を構える株式会社だった。その株式会社の資本金は五十万円で、設立が東日本大震災の翌年というのだから、それだけで十分に怪しい会社ではあるのだが、私にとっては、怪しければ怪しいほど、頼もしくも思えたのである。

しかしそこでも話は不調に終わった。

その会社の社長の名刺を出した男は、とても素人とは思えない威圧的な風貌の御仁で、彼が語る話によれば、外国人研修生の違法酷使を防止し、賃金の管理を適正に行うため、送り出した研修生の賃金は、研修生本人に支払うのではなく、会社がまとめて請求し、その会社に一括して支払うのだと言う。


違法なピンハネをしているに違いない男の口ぶりに、私は研修生受け入れを諦めざるを得なかった。要は研修生を受け入れて、それを安く使おうという発想が間違っているのだ。受け入れるのではなく、送り出す立場にならなくてはいけないのだと察したわけである。

しかしその立場を得るためには、関係省庁への煩雑な手続きが必要であろうし、また男の話によれば、送り出し国の機関とのパイプも必要だとのことで、とても私が、この話を前に進めることはできないと、判断せざるを得なかった。

外国人労働者を求めて、もう一軒足を運んだのが、厳密にいえば研修生の受け入れ窓口ではないのだが、石巻市郊外の焼肉店だった。その店の経営者は韓国の女性で、焼肉以外に店の裏の空き地にコンテナハウスを五十個くらい並べ、作業員宿舎の月極賃貸業を営んでいた。

震災後三年を経過するころには、被災地で職を得ることを希望する土木作業員用の月極宿舎が、石巻市内のあちこちに見受けられるようになった。そのうちの一つである。

Kとの共同生活に疲れ果てていた私は、その宿舎に住めないかと訪れたことがあった。しかし三畳もないコンテナハウスの賃料は、Kと暮らす一軒家よりも高く断念したのであるが、『作業員の派遣承ります』という張り紙があった。半ば興味本位で訊ねてみると、その作業員とは韓国から出稼ぎに来て、就労ビザも保有していると言う。

その時は興味本位だった。しかし今度は違う。研修生ではないが、外国人労働者という点では社長のニーズを満たしている。

ダメだった。韓国人女性とはいえ、石巻で焼肉屋を経営し、土木作業員宿舎まで営んでいる女性は甘くはなかった。

日本の相場に精通していた。そのうえで提示された作業員給与は、極めて常識的なもので、それを頑として譲らない。それでは社長のニーズに合わないと諦めるしかなかった。

もちろんこの二件に関しても、私はレポートにまとめ、社長に断念の経緯を報告したのであるが、その三ヶ月後くらいであったか、いきなり社長から電話があり、三日後のバンコック同行を命じられた。

生憎にもと言うべきか、幸いにもと言うべきか、私のパスポートは、十年の期限を超えており、再発行しようにも、三日の猶予では再発行が叶わず、私は同行できなかったのであるが、その渡航目的が何であったのかは知る由もない。

レポートを提出し、私は次の課題に取り掛かった。福島第一原発近隣の土地を買収するという案件だ。

しかしこれも、容易な案件ではなかった。

まさかイチエフ近隣の市町に足を運ぶわけにもいかないし、たとえ足を運んだとしても、立ち入り禁止区域のそこに、住民が居るわけがないので、その外にある市町、例えば前回訪れた南相馬市であるとか、いわき市の不動産屋をあたったのであるが、そのような物件情報を有する不動産屋は一軒も見付からなかった。

それどころか、不動産屋の従業員の態度や話ぶりから、どうやら私を、反社会的勢力、もしくはその依頼で動いている人間ではないかと警戒する様子さえうかがえ、それはとりもなおさず、そういう勢力が何らのかの目的をもって、動いているという証左ではないかと思われるのであるが、確かに事故を起こした原発近隣の土地を、それも近ければ近いほど良いと探す人間など、まともな人間とは思われないであろうから、それも致し方ないことではあろう。

また一軒の不動産屋では、そこの年配の男性に、嘲笑混じりに、こんな事も言われてしまった。

「補償金目当てで土地を探してるんだら無駄なごどだよ。原発事故後さ土地を取得して住民票を移した人間には、賠償金は出ねぇがらね」

その言葉の真偽は確かめようもないが、当然のことと理解した。

当時は原発事故の影響で、故郷から離れて暮らさざるを得なかった住民たちに、五千万とも一億とも言われる賠償金が支払われていたのだから、それを目当てに、原発近隣の土地を取得したいと考えた人間もいたのであろう。しかし仙台で私の報告を待つ社長が、そんな単純な動機で土地を取得したいと考えているとは到底思えず、どのような深慮遠謀があったか、それも今では知ることはできない。

それでも諦められない、いや、諦めることができない立場の私は、あろうことか、原発避難民に直接接触を試みた。

原発避難民を探し当てるのは、さほど困難な仕事でもなかった。当時原発避難民は、例えばいわき市において、高級車を乗り回し、あるいは新築の家を建て、それらの原資は賠償金なのだが、加えて税金も免除され、そのうちの一部であろうが、昼間から酒を飲み、ソープに入り浸るなど、地元住民が眉をひそめる所業に及んでいたのである。

いわき市の公民館の入り口に『原発避難民は出ていけ！』とか落首される時期でもあった。

それはそうであろう。

いわき市は東日本大震災以前から、何軒かのソープランドが営業する地域であったのだが、その地元ソープに、東京吉原の超高級ソープ嬢が、期間を定めて出稼ぎに来ているような有様だったのだ。

もちろんそのようなソープ嬢の価格設定は、地元住民が気軽に利用できるものではなく、それを恨みに思う住民が居たとしても不思議ではないだろう。

原発避難民はすぐに見つかった。

「原発難民の人ら、高級車を乗り回して、新築の家まで建てているそうですね。この近くにも、そんな新築の家があるんですか」

マスコミを偽って、そんな風に地元住民にインタビューすれば、どこそこの新築の家がそうだと、苦々しげに教えてくれるのだ。

私は教えられた小ぎれいな家のドアフォンを押す。その横に備え付けられたカメラに向かい、精いっぱいの笑顔を浮かべて語り掛ける。

「突然で申し訳ございません。財テクのご案内に伺いました」

いきなり土地を売ってくれでは警戒されるだろう。

避難民の多くは、免税措置を維持するために、住民票も動かしていないのだ。そんな避難民に土地売買交渉をするのだから、慎重にもならざるを得ない。

ドアを開けてくれたからといって、すぐに本題を切り出すわけではない。その避難民が、元の場所に、土地を所有しているかどうかも分からないのだ。まずは避難民に同情している言葉を並べ立て、相手が気を許し始めたかなと感じると、故郷の話に水を向ける。

帰りたいでしょう、元からいる住民の風当たりが辛いのではありませんか、などと誘導する。相手の出方によっては、避難先の住民の態度に憤るフリまでする。

「賠償金も打ち切られるみたいですね」

さりげなく、ありもしない話を持ち出す。その作り話に相手が動揺したら、いよいよ交渉の始まりだ。

「どうですか？　生涯暮らしていくのに困らないお金を得るチャンスがあるとしたら、それを聞くだけでも聞いていただけませんか」

最初に、財テクの話に来たと言っているのだから、話の流れに無理はない。相手は興味を持ってくれる。

そこで土地売買の話を持ち掛けるのだ。坪いくらでなどと、こちらから価格提示はしない。こちらから価格を提示するのは愚の骨頂だ。

東南アジアなどで土産物を買う時の経験で、それを学んだ。表示された定価で買うのは愚か者のすることだ。そもそもの希望する売値の何倍かで定価は表示されている。

例えばインドネシアを例に説明すると、定価が百万ルピアと提示されていたとする。

「マハール！」と顔をしかめる。

インドネシア語で「高いよ！」という意味だ。

そうするといくらだったら買うのだと向こうから質問される。そこで「五十万ルピアなら」などと言ってはいけない。それが最低価格として決定してしまうからだ。

いったん決定してしまうと、五十万ルピアと百万ルピアの間で、価格交渉が開始されてしまう。

価格は相手に言わせるのだ。

例えば相手が七十万ルピアと言えば、それが最高価格として決定する。それでも「マハール！」を繰り返す。相手が渋れば、首を横に振りながらその場を立ち去るフリをする。当然のように相手はこちらの二の腕を摑むなりして引き戻そうとする。そこでもう一度問い掛ける。

「プラパ、ハルギャナ？」

いくらなんだよ？　と言わんばかりに語調をやや荒くする。

そんな細かい交渉テクニックを、避難民相手に使うわけではない。こちらからの価格提示はせずに「言い値で買わせていただきます」と遜る。

別にいくらだってよいのだ。要は社長が納得するかしないかだ。値引きを指示されれば、相手が言った値段を最高額として、値引き交渉をすればいい。たとえ法外な値段を口にされたとしても、値段を口にした限り、少なくとも売る意思はあるということなのだ。

しかし何人かの避難民を訪れ、その誰からも、土地を売ってもいいという言葉を聞くことはできなかった。

〜踏まれても耐えた

そう　傷つきながら
淋しさをかみしめ
夢を持とうと話した

ここでまた『昭和枯れすゝき』を引用する。

原発避難民を食い物にしようなど、あるいはその前の、外国人研修生をこき使おうなど、何ともはや、ロクでもない男だと、読者の皆さんは呆れておられるだろう。

他人様に言われるまでもない。どれだけ自分がゲスもゲス、ゲスの極みであるか、本人がいちばん自覚している。

別に居直ろうというわけではない。言い訳もしない。ただ私には、娘の生活のために、四十万円を稼がねばならないという大義があった。

もう一度、引用した『昭和枯れすゝき』の歌詞を嚙み締めていただきたい。

そして思い出してほしい。

令和元年の後半、世間を震撼させた『桜を見る会問題』だ。

この原稿を執筆している時点で、その問題が、どう収束するのかも先は見えないが、執筆現在、多くの批判は不誠実な答弁をする中央官僚に集まっている。当事者である首相は逃げの一手だ。

私はあの官僚らに同情すら覚える。正義はないのか、矜持はないのか、などといくら罵られようが、それ以前に、彼らにも守るべき家庭があるのだ。それを人質に取られているのだ。

踏まれても耐えるしかない、傷付きながらも、孤独を嚙み締めるしかないのだ。

正論を振りかざして、責めるべき相手を間違っていないだろうか。

責められるべきは、説明責任を果たしていない首相であるのはもちろんのこと、それを内部から告発するどころか、あまつさえ、擁護、隠蔽に加担しようとする政権与党の代議士ではないか。そして形骸化しているのかと疑いたくなる検察機構であろう。

昭和の時代にも、似たような、いやもっと甚だしい事件はあった。

『ロッキード事件』だ。

米国ロッキード社が、当時の首相であった田中角栄にワイロを贈り、自社の航空機の売り込みを行ったとされる事件だ。首相経験者の逮捕、有罪判決までに至った事件だった。

ロッキード事件の発覚は、『昭和枯れすゝき』がオリコンランキングで一位を獲得した翌年の昭和五十一年だった。

国会に証人喚問された関係者は、『桜を見る会問題』に関連して答弁する官僚ほど巧みな答弁ができず、何を質問されても「記憶にございません」の一言しか発しなかった。

あるいは、彼らのほうが巧みだったのかも知れない。何かを言ってしまえば裏を取られてしまう、それならば「記憶にございません」の一点張りで逃れたほうが賢明だと考えたのかも知れない。

社会人になってすぐのころ、私は東大の合格発表をテレビニュースで観たことがある。合格を喜ぶ学生に、マイクが向けられ「今後の抱負は？」という質問が投げ掛けられた。それに答える合格者の言葉に驚いた。

彼はこう言ったのだ。

「勉強を重ね国民の役に立ちたいです」

昨日まで高校生だった男子が「国民」という言葉を使ったことに、大いに驚いた記憶がある。鮮明に覚えている。

見ようによっては、その発言は、かなり上から目線の発言と思えなくもないが、見方を変えれば、それだけの覚悟をもって、高級官僚を目指そうということではないか。

『桜を見る会問題』で、野党から質問攻めに合う官僚らも、おそらくは、東大を卒業しているのであろう。高い志をもって、勉学に励んだのに違いない。その上で、あの体たらくだ。さぞかし辛かっただろう。孤独だっただろう。私はそう感じずにはいられなかった。

福島へ

『外国人労働者の受け入れについて』
『避難指定区域の用地買収について』

二通のレポートを提出した翌週、私は福島県郡山市への赴任を命じられた。それを私に命じたのは、社長ではなく、営業本部長のSだった。郡山市には住宅除染を行うチームが先行している。それに加わるように言われたのだ。

「私に住宅除染をやれということでしょうか？」

「そうじゃ。何か不満でもあるんか？　いくつも社長の案件に加わって、どれ一つ、成果を残せんかったじゃないか」

確かに私は、社長に持ち掛けられた案件のすべてに、否定的なレポートを作成し、どれ一つとして実現には至らなかった。しかしそれを以って「成果を残せなかった」と言われるのは得心できなかった。そもそも持ち込まれた案件の筋が悪過ぎた。それをレポートで指摘し、リスク回避をはかったというのも、成果といえば成果ではないか。

そのことを穏便に主張した。

反論している口調にならないよう心掛けた。

「何をぬかしとんじゃ！　アンタのやったこたぁ、ただのアラ探しじゃろう。社長が期待されとったんはな、そがいなアラ探しじゃのうて、持ち掛けられた案件を、どう金に換えるかという知恵なんじゃけぇ」

あんな話のあれこれを、いったいどうやったら金に換えられると言うのか。ひょっとしてSは、私のレポートを読んでいないのではないかと訝った。読んでいれば、そんな言葉が発せられるわけがない。

控えめにそれを質した。

「あがいな細けぇ字ぃで書かれたレポート全部を読むほど暇じゃないけぇ、最後のページから読んだけぇ。結局どれもこれも、手を出すべきじゃないという結論じゃったじゃないか」

その物言いに私は呆れた。そして思った。もしかして社長も、私のレポートすべてに目を通していないのではないか。目を通したとしても、斜め読み程度のことではなかったのか。

「仙台に乗り込んで三年目じゃ。社長はそろそろ宮城を見切り始めとる。これからは福島じゃ言うておられる。もちろん大金を投じた宮城を放り出すわけにゃあいかんけぇ、福島に重心を移されることを考えとられるいうことじゃ。その先兵として、住宅除染部隊が郡山に乗り込んどるんじゃ。住宅除染の手間賃を稼ぐのだけが、社長の目論見じゃないけぇ。そこで金儲けの糸口を見つけて、本格的な進出を考えとられるんじゃ。その暁にゃあ、福島に本社を移してもええと言うておられるくらいの意気込みじゃ。じゃけぇアンタも、そのつもりで福島に乗り込んでほしい。必ず大金を得る糸口を見つけ出してほしい」

長々と続くSの話を聞きながら、私が考えていたのは自分の月収のことだった。

今は未だ、石巻時代と同じ四十万円が支給されている。それを減額されるのではないかと恐れた。

その時点でも、私は仕送りを続けていた。月々の収入の中から、自分の分として手元に残していたのは以前と変わらず五万円だった。

日々のことで言えばタバコ、文庫本、缶コーヒー、寝酒として飲む発泡酒が一缶、これに高血圧治療薬と血栓予防薬を処方してもらうために毎月通うための診察代、薬局に支払う薬代、どう考えても月々五万円は必要だ。つまり月々の収入が減額されるということは、娘への仕送りを、その分だけ減額しなくてはならないということなのだ。

それだけはどうにも避けたかった私は、おずおずと給料のことをSに問うてみた。

「もらう報酬の三倍は稼がないかにゃあいうのが社会の常識じゃ。それくらいのこと、アンタじゃったら分かるはずじゃろう。たちまち、最初から稼ぐなぁ無理じゃろうから、何ヶ月かは猶予しちゃるけぇ、その間にしっかりと稼ぐことを考えるんじゃな」

どこの経営者でも言いそうな、もっともらしいことをSが口にした。

よく言われることではあるが、その論理で言うなら、社員の誰かが稼いだ分の三分の一が報酬として反映されるのかといえば、そんなことは絶対にない。せいぜいボーナスとして加算されるだけだ。

皆さんは、青色発光ダイオードの発明に関わる話をご記憶だろうか。世界の照明を大転換させる発明だった。その開発に携わった三人の日本人にはノーベル物理学賞が授与された。

それほどの大発明であったにもかかわらず、その三人のうちの一人が所属していた会社が支払った報酬は、一時金としてのボーナスだけだった。それを不満に思った彼は、アメリカの大学に移籍してしまった。日本の頭脳が海外に流出した一件だった。

会社は莫大な利益を得たはずなのに、そしてそれは、将来にわたって継続されるものなのに、ボーナスでお茶を濁そうとしたのだ。

世界的な偉業を成し遂げた研究者と私のような人間を同列に語るのは、不遜のそしりを免れないことであろうことは百も承知だが、それにしても、給料の三倍は稼げと社員に一方的に申し付ける会社の姿勢はどうなのだろう。

しかしその時の私は、被災地に移り住んでからの四年間、それは石巻での三年半と、仙台での半年間で、そのことに考えを及ぼす余裕などなくしていた。とりもなおさず、将来的に給料を減額する可能性があるという通告だったのだが、そんなことより、目先の収入が確保されたことに安堵していたのである。

皆さんも、同じようなものではないだろうか。

今の日本では、終身雇用という概念など瓦解してしまっている。瓦礫になっている。

昭和の時代には、一つの会社を、定年まで勤め上げることが美徳とされた。その美徳に応え、会社は会社で、年功序列という考え方を持っていた。すなわち個人の能力とか実績とは別に、勤務年数を重ねれば、それなりに出世し、それなりに給料も上がるという考え方だ。あくまで「それなり」にではあるのだが、それでも会社への忠誠心を評価しようという風潮はあった。

それがいつの間にか、「成果主義」「能力至上主義」が言われるようになり、それを当然のこととして受け入れているうちに、日本の雇用環境は大きく変わってしまった。

いつしか「終身雇用」は、敗者の理論と見下されようになった。「キャリアアップ」と称し、経験を積んで、会社を移り、あるいは起業し、より高額な報酬を得る者が勝者と考えられるようになった。

やがて社会に一つの価値観が生まれた。「勝ち組」「負け組」という価値観だ。そしていつの間にか、ほとんどの日本人が、「負け組」グループに組み込まれてしまったというのが、今の日本ではないのか。「負け組」の行き着く先は〝下級国民〟だ。

かつての日本には「一億総中流」と言われた時代があった。国民のほとんどが、自分たちの暮らしを中流だと意識していたのだ。私が高校生になったころなので、昭和四十五年ごろだったのではないだろうか。

こうも言われた。

「日本は世界で最も社会主義が成功した国だ」とも。

社会主義がどうの、資本主義がどうのと、ここで議論する気はないし、その知見も私には乏しい。

くどいようだが、もう一度『昭和枯れすゝき』の一節を引用させていただく。

〽幸せなんて望まぬが
人並みでいたい
流れ星見つめ　二人は枯れすすき〜

ほとんどの国民が、中流意識を持っていた昭和四十五年ころの日本は、高度成長期にあった。そしてこの唄がリリースされたのが、前述のとおり、高度成長期の終焉を迎えた昭和四十九年だった。

幸せなど望まない、せめて人並でいたい。

ロスジェネ世代の言葉として聞いても、いや今の日本の〝下級国民〟の本音だと言われても、何ら不自然ではない。

「一億総中流」に代わる言葉が今の日本にはある。

「一億総活躍社会」だ。

首相官邸ホームページにおいてこう説明される。

『若者も高齢者も、女性も男性も、障害や難病のある方々も、一度失敗を経験した人も、みんなが包摂され活躍できる社会』だと。

平成二十九年十一月十七日の首相所信表明演説からの抜粋らしい。

「一億総中流」は当時の国民意識で、「一億総活躍社会」は政治スローガンだ。

ここを混同しないでいただきたい。

このスローガンに基づいていろいろな政策が打ち立てられた。

《人生百年時代構想》

高齢者の医療費が二割負担となり、年金の受給年齢引き上げが検討された。

《働き方改革》

多様な働き方を可能とするという名目のもと、以前は、就業規則などにより、禁止されているのが当たり前だった副業が、むしろ推奨されるようになった。

細かく指摘すれば、ほかにもまだまだあるだろうが、読者の皆さんの周囲で起こっていることを考えていただければ、「一億総活躍社会」というスローガンが、どれほど空虚なものなのかお分かりいただけるのではないだろうか。

令和元年六月、金融庁はそのレポートで、老後資金が二千万円必要だと報告した。政府はこのレポートの受け取りを拒否したが、経済産業省の試算では二千八百九十五万円の老後資金が必要らしい。

この老後に必要な資金について、民間のある試算によれば、六十五歳の男性の平均余命は二十年足らず、これが女性となると二十五年を超えるらしい。試算者が六十五歳を起点にしているのは、それが公的年金の支給開始時期だからだろう。

試算によれば夫婦世帯の場合、平均余命を生きたとして、千百八十万円以上の老後資金が年金以外に必要になるらしい。この試算には、介護費用、家のリフォーム費用、子供への援助費用などは含まれていない。

年金の原資となる現役世代の所得が低下すれば、受給年齢の引き上げをせざるを得なくなるのは当然のことで、それにより無年金期間が長引けば、益々必要老後資金は増加する。長生きすればするほど、生活は苦しくなると予測している。

私が生まれた育った昭和の時代は、ほとんどの国民が「人並み」だった。人並みに暮らしていけるから、夢も持てた。その夢を、ただ見つめるだけでなく、流れ星に託すこともできた。

しかし今の日本で人並みに暮らすことは難しい。

アメリカ、中国に続く世界第三位の経済大国でありながら、日本は、先進国の中でも貧困率が高い国と認知されている。G７のワースト二位、一人親世帯で見ると、ＯＥＣＤ加盟三十三ヶ国中ワースト一位なのだ。

多くの人たちが絶対的貧困、相対的貧困に喘いでいる。いや、貧困に喘ぐことが、今の日本の「人並み」なのかも知れない。

考えるだけで憂鬱になる。

この原稿を書いているのは消費税増税後の令和元年十二月だ。増税後、日を経ずして二兆円の補正予算が組まれた。その補正予算は税収見込みが二兆円を超えて不足しているために組まれたものだと指摘する識者もいる。消費税を引き上げても、法人税を減額し、その法人も、ほとんどの業種において、消費の冷え込みによる減収、減益なのだから、その指摘もあながち間違っていないのではないかと思われる。

いったいこの先、この先日本はどうなるのか……。

そんなことを考えてみても、私たちには選挙権を行使する以外、どうにもできないので、私個人の話を前に進めよう。

郡山市／住宅除染

Sの指示で郡山に飛ばされた。

その夜に、先行していた住宅除染チーム六名と合流した。

彼らは私が石巻で見知った土木作業員の空気を纏っていた。Sが広島で掻き集めた土木未経験者ではなかった。経験者を送り込んでいるのだから、それなりに本気なのだと安心した。

彼らは千葉県の内装工事会社に勤めていた作業員らで、会社が潰れ、チームで被災地に職を求めて流れ着いたのだ。

六人いるチームのリーダーはWと名乗った。

なかなかの好青年という印象を受けたWを筆頭に、他の作業員も穏やかな人物という印象だった。土木屋と内装屋では、また毛色が違うのかとも私は考えた。

安心したのもそこまでで、私を含めた七名に手当てされている宿舎は、古びた2DKのマンションの一室だった。

一人に一部屋ではない。

私を含めた七人が、その一室で生活を共にするのだと言う。短期なのでこんなところで我慢しているのかと問うと、違うと言われた。

「郡山では、いやたぶん他の除染地域でも同じでしょうが、除染作業員に、部屋を貸してくれるオーナーはほとんどいないんですよ」

リーダーのWが説明してくれた。

福島においては、除染作業員が毛嫌いされているらしい。

「まあ、それも仕方がないですがね」

Wはそう言って苦笑した。

「除染作業をやっているのだから、放射能に汚染されているだろうと、白い目で見られるんですよ。だからオレたちは、作業服のままでスーパーに入ったりできません。迂闊に商品に触ったりしたら、『除染の人が触ったわよ』なんて、オバサンが大声を上げたりしますからね」

さらにWは、そんな差別を受けるのも、そもそも除染作業員が悪いのだと言う。

「今はどこのスーパーでも禁止されていますが、以前は、スーパーのイートインコーナーで、宴会をしている連中もいたみたいです。牛丼屋で並を一杯ずつ注文して、持ち込んだ焼酎を水割りで飲んだりしていた連中もいたみたいです。居座らないでほしいと文句を言った牛丼屋の店主と口喧嘩になり、最後は手を出して警察沙汰になったと言うのですから、そりゃ白い目で見られても仕方ないっちゃ、仕方ないですけどね」

そんな除染作業員への苦情の窓口になっているのが、市役所に設けられた『除染110番』らしい。

通報を受けた市役所の職員は、市内の住宅除染を請負っているゼネコンの所長に電話する。その電話で、所長は厳重な注意という罵倒を受ける。市の職員から罵声を浴びせられるらしい。

もちろんそれは除染作業員へとフィードバックされる。フィードバックという激しい、感情に任せた叱責を受ける。

場合によっては、期間を定めた作業中止、もっと重い処罰として現場退場が言い渡される。

「おまえらの代わりはいくらでもいるんだ」

それが所長の口癖らしい。

「そんなんですから、除染作業員に部屋を貸してもいいなんて考えるオーナーは少なくてね、オレたちが確保できるのは、こんな物件しかないんですよ」

Wが言う「こんな物件」は市内に何ヶ所かあり、それらは『除染アパート』と周囲の住民から呼ばれているらしい。


Wのチームと二、三日暮らすうちに、最初にチームの作業員らに覚えた「穏やか」という印象が間違っていたと気付いた。彼らは穏やかなのではなかった。疲弊していたのだ。

そう思ってみると、Wはそこまでではないが、他のメンバーは、死んだ魚の目をしていた。動作も緩慢でほとんど口も利かない。そしてそれは、私たちチームの人間だけでなく、郡山市内に設けられた砂利の広場で、お決まりのラジオ体操で始まる朝礼に集合する、他社の作業員にも共通していた。

住宅除染の報酬は二本立てになっている。物件の面積によって単純計算される基本報酬と、物件ごとに異なる作業内容で積算されるオプション報酬だ。オプション報酬には、拭き取り掃除をした雨樋の総延長、高圧洗浄を施したコンクリート部分や陸屋根部分の総面積、削り取った地面の面積、張り替えた芝生の面積、洗浄して敷き替えた砂利の面積、除草面積、清掃した集水桝の大きさと個数などである。

私が任されたのは、線だけの平面図に、オプション報酬額積算の根拠となる、雨樋やコンクリート部分などを落とし込み、その延長や面積をメジャーで計測することだった。

他にデジタルカメラを渡され、それぞれの作業個所の、作業前、作業中、作業後の写真撮影もした。作業前と作業後には、線量計で放射線量を計測し、数値が表示される画面も撮影する。

それらの作業をやりながら、全体の作業の流れを把握してほしいというのがWの要請だった。

実際に作業が始まると、カメラ撮影はかなり慌ただしいものだった。

現場写真の撮影は、石巻においても経験があったが、必要とされたのは、作業前と作業後の写真で、作業中というのはなかった。もちろん線量計の撮影も含まれない。

何しろ狭い現場で、六人の作業員が分担して行っているのだ。全員が違う作業をしているわけではないが、それでもいくつかの作業が並行して行われる。

それに加えて線量計の数値撮影では、作業後に表示される線量が、毎時0・23マイクロシーベルトを超えてはならない。国が安全と認める年間の被曝量は1ミリシーベルトで、毎時0・23マイクロシーベルトを超えると、その安全基準が達成できないのだ。

超えた場合はどうするのか。

安全値まで除染作業を行うわけではない。

同じ景色の中で超えない個所を探すか、あるいは一ヶ所だけをさらに除染し、超えない数値を得るのである。


私がようやくカメラ撮影を含めた作業に慣れたころ、Wに仙台から連絡があった。気仙沼の現場にチームごと移動してくれという連絡だった。

「人件費、経費も含めて利益を出していたんですがね」

Wが口籠った。

「売上三倍理論ですか?」

私の言葉に力なく頷いたが、Wが口籠った理由はそれではなかった。Wのチームは移動するが、私を郡山に残し除染に従事させろ、と言われていたのだ。

Sに連絡した。一人で残って除染作業などできるはずがない。それを訴えようとした。たとえできたとしても、その時点での月額報酬である四十万円の三倍、百二十万円を叩くなど無理に決まっている。

この「叩く」という言葉は郡山で覚えた言葉だ。そんな言い方をする土木作業員が、他にもいるのかも知れないが、郡山では一つの物件の作業を終わらせることを「叩く」と表現していた。

「住宅除染は儲けが少ないと分かったけぇ、もうええんじゃ。アンタにゃあ水田除染をやってもらうつもりじゃけぇ」

ついては郡山のQという会社を訪れてほしいと言う。

「住宅除染じゃ目糞みたいな稼ぎしかなかったけんど、水田除染でがっぽり稼いでもらわな、いよいよアンタの給料も考え直さにゃあイケンようになるけぇ、せいぜい頑張りんさい」

励ましに聞こえない励ましの言葉をもらい、水田除染がどのような仕事か分からないまま私は指示されたQ社を訪れた。

廃業した自動車修理会社をそのまま本社にしているQ社の社長の話を聞いた。平成生まれかも知れないと思える若い社長だった。

「もとはスタジオミュージシャンだったのよ」

そう語る若い社長のデスクの後ろには、使い込まれたエレキギターが立て掛けてある。男性だ。芸能界にいたせいか女性言葉で喋る。

「いろいろヤバいことがあってね、社長なんて名ばかりなの。この会社の親方が、借金肩代わりしてやる代わりに福島に行けってね、それで仕方なく社長をやっているのよ」

初対面の、しかもこれから仕事をしようという相手に言う挨拶なのかと呆れている私に、もっと呆れるようなことを言った。

「除染の仕事って、反社チェックされるじゃない。うちの親方、そっち方面じゃ少々名が売れてさあ、表に名前出せないのよ。その親方が、仙台のSさんとも繋がりがあってね、古いお友達なの。前々から、かなり親しくさせていただいていたようね」

ということは、その親方とやらはヤクザなのか。しかも名の売れたヤクザなのか。その名の売れたヤクザと仙台のSは繋がりがあるのか。

「大丈夫ですよ。金は持っていますからね。何しろ都内に二十のラブホを持っているくらいですから」

何が大丈夫なのか分からないまま話が進んだ。


水田除染をする現場は、福島県南相馬市だと言う。水田の表土を五センチ剝ぎ取って、それをフレコンパックに詰め込んで、二トンダンプ車で仮置き場に搬送し、表土を剝ぎ取った水田に客土する仕事らしい。

「簡単な仕事でしょ。よく分かんないけど」

若い社長は笑いながら私に『仕様書』と書かれた書類を差し出した。

「まっ、それを見てパーティーを組んでくださいな。一週間後には現場が動き始めるので、そこのところよろしくお願いしますね」

「えっ、パーティーを組めということは、私に人集めをしろということですか？」

「そりゃあそうでしょ。あたしだって、ここに来て人集めしたのよ。四十人くらいに住宅除染をやらせているけど、ぜんぶこっちで手配した人間なの。心配しなくていいわよ。除染作業員を派遣する会社なんて、ここ福島じゃ、山ほどあるからね。ただね、手仕事の住宅除染と違って、水田除染は重機なんかも使うんでしょ。さすがに重機に乗れる人間だけは、除染作業員を派遣する会社にはあまりいないみたい。何でも一次の担当さんの話によると、ただ乗れるだけじゃダメらしいのよね。かなり習熟したオペさんでないと、出来高が上がんないらしいの。そんな人が除染作業員を派遣する会社に応募するわけないわよね。とにかく人集めはお願いするわ。ちゃんと集めてよね。自己責任でね」

他人事のように言う。

笑顔を崩さずクリアファイルを取り出した。

何枚かの書類が収められていた。

書類は『雇用契約書』と題されている。記入されているのは『報酬』と『雇用期間』だ。それぞれに『千二百円』『一ヶ月』と記されている。

「集めてもらった作業員は、一応うちの社員として雇用するの。うちは二次で、三次を超える下請けは、水田除染では禁止されているのよ。そのあたりは住宅除染と同じね。集めた社員さんにも、その契約書に署名と捺印してもらってね。決められた書類を整備しておかないと、労基に睨まれちゃうのよ」

「ということは、私もこれに署名捺印するんですか」

「あたりまえじゃないのよ。その書類の写しは一次の会社から元請さんにも提出されるんですからね。うちの社員として登録しないと、現場入場手続きもできないじゃない。職長が入場しないんじゃ、話にならないでしょ」

「しかしこの時給千二百円というのは……」

一日八時間、二十五日間働いたとして、二十四万円にしかならない。娘への仕送りどころの騒ぎではなくなる。

「そんなの適当に書いたのに決まっているじゃないのよ。最低賃金さえ超えていれば文句は言われないわ。ご希望は四十万円でしたっけ？　いいですよ。稼いでください。あがりの三割は支払いますよ」

きっぱりと言い切った。三倍稼げ、ではなく三割支払うと言った。私は雇用契約書にサインした。

サインをする前に内容を確認したが、雇用期間の欄には『一ヶ月の期限を定めて雇用する。ただし必要に応じて、期間を延長することもある』と書いてあった。

要は、会社の都合でいつでもクビにできる、好きな期間雇用できるということであろうが、それは大した問題にも思えなかった。むしろ私は職長として、会社側に立つ人間なのだ。使いづらい作業員は、いつでも簡単にクビにできるというほうがありがたい。

「今の宿舎は来週中に出てくださいね」

聞けばWらのチームが去り、その日から、私が一人で暮らすことになった『除染アパート』は、前払いの週極め家賃二万円の契約で借りているらしい。

どちらにせよ、一週間後には現場に入らなくてはいけないのだ。住む場所のことを心配するより、作業員を集めることが先決だ。
さっそく人集めから着手した。
仕様書には作業単価が記されている。

表土剝取　　五十五円／㎡
フレコン作成　二千二百円／袋（運搬設置も含む）
客土敷均《しきならし》　二百五十円／㎡
除草　　五十八円／㎡

それぞれの作業内容についての説明はなかったが、石巻の土木経験から、ざっくりと「これは金になる」と値踏みした。ポイントはどれだけ優秀な重機のオペレーターを確保できるかだろう。具体的な宛があるわけではないが、金を積めばなんとかなるのではないか。

オペレーターの相場は高くて日給二万円そこそこだ。三万円出せば、かなりの熟練工でも探せるに違いない。熟練したオペレーターであれば、日に三千㎡の表土の剝ぎ取りをこなすだろう。その作業だけで、日に十六万五千円の上がりになる。月額では四百万円を超える。三万円で確保できなければ、五万円払ってもかまわないくらいの設定単価だ。

ただしそれは、石巻での病院拡張工事現場経験からの推計で、水田除染にそのまま当てはまるのかどうかは分からない。病院の拡張工事をした現場も元々は水田だった。

その表土を剝ぎ取り、その分、客土を搬入した。

毎日の朝礼後の現場ミーティングでは、監督がその日の目標数値を発表する。ダンプのタイヤ洗いの私には関係ないとも思えるミーティングだったが、毎日指示される目標数値が、出入りするダンプの台数とリンクしていることに気付いた。気付いてからは、重機のオペレーションを担当する作業員に倣って、私も目標数値をメモした。

大きく違うのは、病院の拡張工事の現場では、メートル単位で表土を剝ぎ取るのであるが、水田除染においては、五センチという薄い単位で剝ぎ取らなくてはいけないということだ。

いずれにしても、まずは優秀なオペレーターを探すことだ。

石巻の営業部長として名刺交換をした土木関係者にあたってみた。

簡単には見つからなかった。

日に三千㎡の表土を剝ぎ取るオペレーターとなると、誰もが難しいと言った。なかには「三百がいいどごろでねぁーだろが」と言う者までいた。

仙台に相談することはできない。

Q社の元ミュージシャンとかいう社長は、利益の三割を支払ってもいいと言っているのだ。この話をSが知れば、介入されるに決まっている。

思い余った私は、前の所属先である兵庫の会社に連絡した。さすがに専務や社長には連絡しにくかったので、筋肉男のRに連絡した。

福島まで来て、Rに連絡するのには躊躇もあったが、私は藁にも縋る思いだったのだ。

もう一つ、Rに連絡しようかと考えた理由があった。

名刺を頼りに電話を掛けて、唯一有益な情報と思えたものがあった。

「その仕事だったらノリバケさ熟練してるオペが要るっちゃ」

ノリバケとは法面、すなわち斜面を整形する時に使用するバケットだ。

土木関係者でない読者の方に説明すると、ショベルカーのアームの先端に装着されている手をバケットと呼ぶ。工事現場で穴を掘ったり、土をすくい上げたり、あるいは解体工事の現場であれば、建物を掻き壊している姿を目にされたことがあるのではないだろうか。

そのバケットの、ツメがなく、平らで横幅の広いバケットが法面バケット、通称ノリバケだ。

一般的な工事現場であまり見掛けることはないが、道路工事の法面整形などには多用されるらしい。

実は神戸の会社が最も得意とするのが法面整形で、私も、かつてコンサルティングの仕事をしていたゴルフ場の、簡単なコース改造などを神戸の会社が請け負った折に、何度かノリバケを目にし、その存在を薄っすらとではあるが記憶していた。

「おう、オッサンやんけ。元気にしとんけ？」

いつもながらのRの横柄さに顔を顰めながら、事の経緯を説明した。

「何や、ええとこに電話してきたやんけ。あんなKさん辞めよんねん」

Rの話によれば、自前の土木道具が古くなったKが、専務に無断で新品に買い替え、その費用を出し渋った専務と揉めて、仲違いしたとのことなのだ。結局Kは、今週末で現場を離れることになったと言う。

「グッドタイミングやないけ。Kさんやったら、お互い気心も知れとるし腕はピカイチや。三千とは言わんわ。日に五千でもやりよるで」

ずいぶん頼もしいことを言う。

「そやけど、ただ繋ぐだけではおもろないな。オレも噛ましてくれや」

要はピンハネがしたいということなのだろう。私は返答を保留していったん通話を終えた。

すぐに携帯の電卓画面を呼び出して計算した。

5,000×55＝275,000
荒天さえなければ現場は月に二十五日間は稼働する。

275,000×25＝6,875,000
眩暈がするような数字が出た。表土の剝ぎ取りだけで、月に六百八十七万五千円の売り上げだ。

Kの性格がどうとか、Rのピンハネだとか、そんなことを吹き飛ばすには十分過ぎる金額だった。

私はすぐにRに電話した。Kを押さえてくれと依頼した。Rには月々二十五万円の謝礼を支払うとも約束した。

日当三万円として、Kに支払う月給は七十五万円になる。石巻での月極め報酬が五十万円だったので、Kにとっては十分過ぎる金額だろう。Rに支払う謝礼を含めても、K関係の出費は百万円だ。その一方で、Kは月額で六百九十万円近い売り上げを上げてくれるのだ。差し引き五百九十万円近い売り上げの三割、毎月二百万円が私の取り分になるのだ。

私は有頂天になっていた。

その足で除染作業員を派遣する会社を訪れた。その会社は創業して未だ一年、老朽化したビルを買い取り、五階建ての二階から上を、病院の大部屋よろしくカーテンで仕切り、全国から応募してきた、宿なし、金なし、浮浪者寸前という男たちを住まわせている会社だった。

寝泊りはタダ、食費は日に千円で三食が一階の食堂で提供される。赴任費用も会社が立て替える。故郷から福島までの片道切符だ。ただし交通費と食費は、職にありつけた後で、月々の給料から分割で天引きする。そんな仕組みの会社だった。

一攫千金、復興バブルを当て込んで、被災地に乗り込んでから、間もなく四回目の冬を迎えようとする晩秋だった。

〽ファイト！　闘う君の唄を
闘わない奴等が笑うだろう
ファイト！　冷たい水の中を
ふるえながらのぼっていけ！

いつしか私の頭の中では、中島みゆきの『ファイト！』のサビがリフレインしていた。

南相馬市／水田除染

「もうし、もうし」

独特なアクセントで相手が応じた。それだけで通話を切りたくなるような不機嫌な声だった。喉の痞《つか》えを呑み込んだ。名乗った。

「おう」

「ご無沙汰してます」

「おう」

「Rさんから聞きましたが、専務の所をお辞めになったらしいですね」

「何の用じゃ」

相変わらずの横柄な受け答えしか返ってこない。

「今後のことは決まっているのですか」

「おまえと何の関係があるんじゃ」

RはKに、私の要望を伝えてくれたと言っていた。Kも乗り気だったらしい。それなのにこの対応だ。今週いっぱいで現場を上がると言っていた。その今週いっぱいが昨日だったのだ。

「できればお手伝い頂けないかと思いまして」

いくらKが熟練工とはいえ、昨日の今日では、次の仕事も決まっていまい。家族の住む関西を離れて東北に乗り込んできたのは、捩れた根性が原因で、関西で世間を狭くしていたからだろう。条件次第では靡くに違いないと読んでいた。

「仕事は水田除染です。水田の表土を五センチ剝ぎ取る重機のオペが必要です。報酬は日当で三万円用意します」

石巻では全員の報酬を知りえる立場にいた。Kの日当は二万円だった。現場が止まらなければ、月に五十万円は稼げる設定だ。専務は固定給だが四十万円なので、それだけKが評価されていたということになる。日当三万円なら月に稼げる金額は七十五万円になる。

否はないはずだ。

「まぁ、知らん仲やないし、困っとるんやったら行ってやらんでもないがのう」

それでも値打ちをつけようとする相手に、

「ぜひお願いします。自分の知り合いで、この仕事を任せられるのは、Kさんしかいません」

あくまで下手に出た。

言葉一つ間違えれば、臍を曲げてしまう性分なのだ。

「いつからやねん」

「具体的な日にちについては改めて連絡します」

会話が危ないところに触れた。日にちどころか具体的な話など、さっきKに告げた以上のことは、まったく見えてないのだ。当初来週からと言われていた現場入場が遅れるようだった。

「まあ、ワシもそのほうが助かるわ。石巻が長かったから、ちょっと家で骨休めしたいからな。いったん関西に帰るつもりや」

胸を撫で下ろした。関西に帰るというのであれば、一日や二日ということはあるまい。一週間は稼げるだろう。

それからひとしきり、専務の会社を辞めた経緯を聞かされて、Kとの通話を終えた。

辞めた経緯など瑣末なことだ。Kを得ることで話は進められる。あとは人工《にんく》を掻き集めるだけだ。除染作業員を派遣する会社との話もついている。質を求めるのは難しいかも知れないが、頭数をそろえるだけなら何とかなるのではないか。

Kの気性の難しさと、食い詰めた輩を集めた除染作業員の派遣会社に、人出しを依頼することの危うさを思わぬではなかったが、すでに転がり始めたのである。これをまとめられなければ、いよいよ月々の給料も危うくなる。


オペレーターの目処がついたとQの社長に報告した。日曜日だったので、Qの近くの喫茶店で待ち合わせた。

早急に一次との打ち合わせをセッティングしてもらいたい、入場が遅れている理由と具体的な条件を煮詰めなければ、手間仕事の作業員も含め、パーティーの員数さえ確定できない。そう要求した。

「いいね、いいね。仕事が早いのは嫌いじゃないわよ」

なめた口調で相手は言った。

「だったら社長も早くしてもらえませんか」

焦燥というのではない。前に進む気持ちがそれを言わせた。

「分かったわよ。来週中にでも会えるようにセッティングするから、そんなに焦らせないでよ」

「そんなんじゃ遅すぎます。相手はそこらじゅうが欲しがってるオペレーターなんです。今直ぐ連絡を取ってもらえませんか。相手の担当者の携帯番号くらい知っているでしょ」

「今直ぐと言われてもねぇー。今日は日曜日だしぃー」

右手の中指で頰を掻きながら思案する表情になって、

「あたしも相手の会社のことはよく知らないのよね」

呆れるようなことを平然と口にした。

「知らないってどういうことなんですか」

思わず気色ばんでしまった。

単純計算しただけでも月に七百万円からの売り上げがある仕事だ。年間にすれば八千万円を超える。そんな仕事をしようという取引先を知らないとは開いた口が塞がらない。


Qの社長を追い込んで、私のパーティーが二次として入る一次の会社の担当者と会えたのは翌週の火曜日だった。Pというその会社は、石巻に本社を構える会社だった。

担当するFの説明では、入場が遅れている要因は、ゼネコンが用意する予定だった作業員宿舎の工事の遅れだと言う。

水田除染の工事はすでに始まっていて、予定通り着手したいのであれば、宿舎が完工するまで自前で宿舎を確保するように言われた。

それを受けて私はすぐに宿舎の確保に動いた。

水田除染だけで、三千人を超えると思われる除染作業員が流れ込んでいる南相馬市の宿泊施設に、空き部屋などなかった。流れ込んでいるのは除染作業員だけではない。降雪の季節を前に、比較的雪の少ない浜通り地区に位置する南相馬市には、多くの土木従事者が流れ込んでいた。

南には下れない。南相馬市自体、南端の小高区が福島第一原発の二十キロ圏内に含まれる。宿舎を求めるどころか、近づくことさえできない。北へ向かっては、隣接する相馬市にも宿の空きはなかった。北に北にと宿を探し、ようやく確保できるのが仙台だった。

しかし仙台は毎日通える距離ではない。内陸に求めれば、郡山市が控えていた。ただそれも、毎日通うにはかなりきびしい距離にあった。

たとえば郡山市から通うとして、八時の朝礼に確実に間に合わせるためには、早朝五時には郡山を出なくてはならない。そして郡山市から南相馬市に至る道は峠越えになる。積雪が本格的になれば、早朝越えることができない峠だ。

「もう一社の二次なんですけど」

Ｐ社の担当者は言った。Ｐ社の下に二社が入ると知ったのも石巻に足を運んだ折だった。Ｐ社が担当する工区は二百万㎡だった。

「郡山から通うらしいです。でもね、フルメンバーは無理みたいです。二、三人が前乗りするらしいです。元請のＳ建設に対して、とりあえず、予定通りに着手したという実績だけ残したいみたいです」

おたくも実績だけでも残したほうがいいよと、暗に圧力をかけてくる。

「僕としてはです」

さらに畳み込む。

「Ｑ社の社長に百万㎡ずつと言ったのは、うちの担当工区二百万㎡を、単純に二社で割った数字を言っただけなんですよね」

それも聞いていなかった。担当工区面積も伝えないなど、ガキの使いかよとＱの社長の顔を思い浮かべた。

「でもね、単純折半で線引きするつもりはありません。唾をつけた田んぼは、最後の客土まで唾をつけた会社の仕事だと思ってくれていいです」

だから早く手を入れろということなのだろう。

「工事費の支払いは、工種単位で精算しますからね。うちとしても、当初予定から遅らせた着工日を外すことはできないんですよ」

一つひとつ詰まれて、どうしても南相馬市で、十人分の宿舎を確保しなくてはならない状況に追い込まれた。


ただし冷静に考えれば、おかしな話だった。

着工が遅れていたのはS建設の責任だというが、それは微妙に違う。元請と一次との関係ではそうかも知れないが、一次と二次の関係でそれは通らない。こちらは当初言われた着工日に合わせて、作業員の手配など準備を進めようとしていたのだ。

宿舎は手当てできるというのが前提の話だった。どんな理由であれ、手当てできなかったのであれば、一次として二次に責任を負うべきだ。それをS建設がどうのこうのと、自分たちが蚊帳の外にいるみたいに言うのは筋が違う。

予定通り着工したという実績を、S建設に対して残したいのは、うちとは別の二次の会社ではなくP社ではないのか。そもそもS建設のような巨大ゼネコンが、二次下請けに入る会社のことなど考えるはずがない。ゴミとまで卑下する気はないが、取替部品程度の存在なのだ。

そして飴をちらつかせる。

唾をつけた田んぼは、最後の客土まで唾をつけた会社の仕事とする。

それが飴だ。

極端に言えば、もっとも手間が掛からない畦道の除草だけを次々終わらせておけば、その田んぼの除染権利を得るということだ。

もちろん戦線をむやみに拡大するリスクを考える必要がある。

そこで生きてくるのが工種単位で精算するという飴だ。

多くの水田に唾をつけて、工事費の支払いが、客土が終わってからというのでは入金が遅くなる。

二次の主な経費は人件費で、給料を遅配することはできない。工事費の支払いが先に延びる事態はよろしくない。しかし工種単位で精算してもらえるのなら、表土剝取工の利益率がいいだけに、戦線の拡大にも耐えられる。

そんなことをあれこれ考え、ここは是が非でも、南相馬で宿舎を確保しなければならないと覚悟した。奔走の末に見つけたのが『農家民宿』だった。


それは文字通り、農家が自宅を民宿として貸し出すもので、その制度自体は、震災前から南相馬市にあったようだ。

田植や刈入だけでなく、ハーブティーを楽しんだり、草木染を習ったり、味噌を仕込んだり、農業とそれに付帯する作業を体験したい観光客を相手に、市と農家が共同して進めてきた事業だった。

その事業が原発事故で一度は頓挫した。

実被害なのか風評被害なのかは別にして、農作物がほぼ無価値になった土地で、農業体験をしたいという観光客が激減したのが、その原因だと言われている。

原発事故の陰に隠れてはいるが、津波の被害も宮城県や岩手県の海沿いの土地と同様にあった。南相馬市は漁業よりも農業の地で、海から襲来した津波に呑み込まれた家屋の、そのほとんどが農家だった。

それでも震災から三年を経て、『農家民宿』は復活しつつあった。主な利用者は、ボランティアで南相馬を訪れる連中だった。

朝夕の食事がついて、宿泊費は格安のビジネスホテル並みで、しかも『被災者』の自宅に泊まり、彼らと交流できるのだから、ボランティアにはお誂え向きの宿泊施設だった。

そんな『農家民宿』が数件営業を再開しているのを知った。

ただし未だハードルはあった。除染作業員を泊めるというのが、事業の主旨に則していないのだ。

考えに考え抜いた末、以前、震災の年に、営業という名目で訪れた原町商工会議所に四年ぶりに足を運んだ。

営業に訪れた折に対応してくれた事務局長は健在だった。さらに驚くことに、一度しか訪ねていない私のことを覚えていてくれた。

「あれ以来、南相馬市のことがずっと頭から離れませんでした。石巻で復興土木事業に関わっている間も、いつか南相馬市に行って、お役に立ちたいと思っていました。ようやくその思いが通じて、南相馬市で仕事ができることになりました。今日はそのご挨拶に参りました」

嘘で塗り固めた台詞を一気に発した。

事務長の顔に笑みが浮かんだ。見抜かれている。悔恨が充満した。きれいごとを並べて、被災地で金儲けをしようという輩は後を絶つまい。そんな奴らを、事務長はどれほど見てきたことか。俄作りの虚言などが通じるはずがない。

仕事には来たけど宿舎がありません。『農家民宿』に口を利いてもらえませんか。とてもそんなことを言える空気ではなかった。

諦めて辞そうとした。

「何かご依頼があっていらしたんじゃないかな」

事務長に引き止められた。

「遠慮なさらないで仰ってください。私たちは頼られることが嬉しいのです。頼られることに飢えていると言ってもいいくらいです」

二拍ほどの間、事務長が考え込んだ。

「みなさんあれこれと、この町への思いを語られます」

そこで言葉を切った。何かに躊躇している様子だった。そして言った。

「さっきのあなたのようにです」

そしてクスリと笑った。笑みではなく、確かに声に出して笑った。

「失礼、言葉が過ぎました。でも、気にしないでください。それは偽りではなく、私たちに対する優しさだと思っています。ですから、ご遠慮など無用です。私は何をして差し上げられるのでしょうか」

平身低頭しながら真の来意を告げた。

すぐに事務長はデスクの上の受話器をとり、どこやらに電話をした。短い会話を終えてメモが差し出された。

「こちらで、みなさんを受け入れてくれます」

メモを押し頂いた。

南相馬市役所で合流したKを宿泊先の『農家民宿』に案内した。他の作業員は既に宿舎入りをしていた。Kの参加で、私が職長として管理する作業員は十名となる。

「何や、ホテル違うんけ」

無遠慮な言葉を吐いたのはKだった。

作業員宿舎の建設が遅れていること、しばらくの間、他に宿舎を確保したこと、それだけをKには伝えていた。

ここしかなかったんです、などと言い訳するつもりはなかった。それはその場所を紹介してくれた商工会議所の事務長に失礼というものだ。

「宿舎の完成は二週間くらい遅れる見込みです」

それだけを伝えた。

『農家民宿』の客間は全部で四部屋あった。六畳が二部屋と、四畳半が一部屋、他に食堂となる十二畳の居間がある。

すでに六畳の二部屋は、除染作業員派遣会社の九人が使っている。九人のリーダーはNだった。当初Nは、個室でないことに難色を示したが、作業員宿舎が完成するまでの、わずかな期間の仮住まいなのだと何とか宥めた。残る四畳半の部屋に、私とKが入るという説明を、Kが受け付けなかった。

「ナイーブやさかい、他人の寝息がすると眠れへんのや」

そんな風に言った。

二週間の我慢だと言って納得する相手ではなかった。Kの一人部屋を認めるしかなかった。

「夕飯時になれば、他の連中も帰ります。そこで顔合わせしますので、それまで自由にしてください」

それだけを告げて、食堂に当てられている十二畳の居間に移った。

「お帰りなさい」

食堂の襖を開けると、座布団を並べ腕枕でテレビを見ていたYが、そのままの格好で首を回した。Yはチーム N の問題児だった。

夕食後、全員の顔合わせと紹介が終わった後で、ミーティングに入った。議題は仕事の割り振りだ。

チーム N の役割分担は決まっていた。

重機を使えるのは三人だ。そのうち二人は車両系とクレーンの資格を持っている。一人はクレーンの資格を持っていない。したがってフレコンを吊ることはできない。

それは資格の上ではということであり、ユンボを操作できる者なら吊りもできる。緩い現場であれば、資格がどうのこうのと言わず、できる作業員にできる仕事をやらせるのであるが、S建設ほどの大手ゼネコンが管理する現場でそれは許されない。

けっこうな頻度で訪れる元請のパトロールに、無資格作業が発覚すれば、本人は間違いなく退場、使役している会社も、それは一次も含め、何らかのペナルティーを受ける。

フレコンに汚染土を投入するのが重機の資格を持っている二人、それを吊って、四トンダンプに積み込むのがクレーンの資格があるNだ。

フレコン作成の手元作業員には、いちばん若い二人と問題児のYを回す。体力勝負の仕事だから若い二人と現場経験のないYを当てたのだ。Yが問題児だというのは、現場未経験ということだけではない。

チームNに初参加したYは、四十で脱サラした男だった。

上場企業に勤めていたが、沖縄で漁師になりたくて、会社を辞めたという変り種だ。一年間、沖縄の漁師の下で研鑽を積み、漁協の組合員として独り立ちする資格を得た。

除染作業員の派遣会社に応募したのは、漁協から支給された中古の漁船のエンジンを購入するためらしい。

それだけなら問題児というのではない。

上場企業に勤めていた経歴が言わせるのか、評論家めいた意見を口にするYだった。未だ仕事に着手もしていないのに、早々に、他のメンバーから疎んじられるようになっていた。

残る四人のうち二人は、フレコンを仮置き場に運搬する要員に充てた。最後の二人は除草要員だ。

除草と言っても草抜きではない。

肩掛けの刈り払い機で草を刈り、熊手で集草し、フレコンに手で詰めるという労働集約型の作業なのだ。㎡単価は五十八円というのでは、とても合わない。しかし水田除染作業に含まれているので、それをやらないわけにもいかない。

そんな作業が除草だった。

ちなみに刈り払い機の扱いにも資格が必要だ。

刈り払い機は、ホームセンターに行けば売っている。誰でも買うことができる。一般の家庭でも、少し広めの庭を持っていれば使うような代物だ。しかし現場で使うためには資格が要るのだ。

「まぁ、あれこれ考えんでいいやろ。現場に行ったら何とかなるで。机の上でああやこうやと言うても、現場が動き出したら、せなあかん仕事は何ぼでもあるもんや。出たとこ勝負やで」

土木の仕事は段取り八分、それが身上であるはずのKの言葉とは思えない。出たとこ勝負とはどういうことなのか。

もっとも、その場その場のご都合主義で、ころころ変えることこそ、Kの身上なのだろうが、その一言でミーティングは終わってしまった。

ミーティング終了後、Nに呼び出された。農家の玄関先、工事現場に置かれている大型の灰皿がある喫煙スペースだった。

屋内は全面禁煙だ。

「あれは、どういうことですか」

言葉にかすかな怒気が含まれていた。

「あれって言うと？」

「部屋割りですよ。なんでKさんだけが一人部屋なんですか」

やっぱりそれか、と相手に分からぬよう溜息を吐いた。

チームNは、六畳二間に四人と五人に分かれて部屋割りした。しかしNはリーダの権限を行使し、自分ともう一人の二人で一間を使い、別の一間に七人を押し込んだ。

それを負担に感じたのだろう、問題児のYは部屋を出て、並べた座布団を布団代わりに、食堂で寝起きするようになっていた。食堂には石油ファンヒーターがあるので掛け布団は必要ないらしい。

「職長さんはどうするんですか?」

自分らの部屋は遠慮してください、とNは言った。Nと同室の男とは普通の関係ではなかった。

Nから聞いて知ったことだが、二人は刑務所で知り合った仲らしい。Nが自らすすんで語ったことではない。

『農家民宿』に逗留した初日の夜、新規入場書類の件でNの部屋を訪れた。襖を開けると、ちょうど二人が寝巻き代わりのジャージに着替えている場面に出くわした。Nと同部屋になった男の背中に、見慣れない刺青が彫られていた。

直径十五センチばかりの、太い丸印が整然と並んでいる刺青だった。慌てた様子で背中を隠したので、凝視したわけではないが、自室に戻ってから、その丸印をイメージの中で繋げてみて、それが六文銭の刺青だと理解した。

六文銭は真田の家紋で旗印でもある。三途の川の渡し賃が六文で、それを旗印にするということは、いつでも死ぬ覚悟ができているという意思表示だ。

仙台の作業員宿舎でも、刺青は見慣れたものだったが、私がNの部屋で目にしたそれは、華美を一切排した単調なものだっただけに、あとあと迫力を持って思い出された。

「反社チェック、知っていますよね」

翌朝Nに確認してみた。協力会社として現場に入る会社や、そこで雇用されている個人が、反社会的な組織とつながっていないことを確認するのが反社チエックだ。

「除染長いですからね」

平然とNが答えた。Nと同室の男の素性を問い質した。その筋の人間でなくとも、ファッションで刺青を入れる者もいる。しかし地味な絵柄の六文銭がファッションとは思えない。万が一にも、その筋とつながりがあっては拙いことになるとNに問いかけた。

「そんな心配は要りません」

Nがきっぱりと断言した。

「だったらどうして、あんな気合の入った刺青を入れているのかな」

詰め寄ると、困った顔で俯いた。それから「ここだけの話にしてくださいよ」と、慎重に言葉を選びながら語った。

「あれは、オレに対する個人的な気持ちを現しているんですよ」

男色家を引き込んだのか。

天を仰いだが、Nがすぐにそれを否定した。そのうえで、二人が刑務所で知り合った仲間だと教えてくれたのだ。

「オレたちの部屋に入るつもりじゃないでしょうね」

六畳を二人で使っているのだからもっともな懸念だった。

「私もYの真似をして、食堂で寝起きしますよ。あと少しの辛抱じゃないですか。宿舎ができれば、全員が一人部屋ですよ」

「だったらいいんですが……」

「未だ何か？」

「職長さん、もう少し毅然としませんか。何でもかんでも言いなりになっていたら、その場は収まるかも知れませんが、だんだん捩れて、最後にはおかしなことになりますよ」

言わずもがなのことをNに言われた。

新規入場教育は、サテライトと呼ばれる場所の一隅で行われた。

サテライトは、東日本大震災で撤退した大型ゴルフショップの建屋を利用したもので、オープンスペースの半分に、各社作業員が朝礼前に集合する折りたたみ机と椅子が置かれ、残り半分が、何も置かれていない朝礼会場だった。いろいろな現場を経験したが、屋根のある朝礼会場は初めてだった。この場所に、除染作業員八百人余りが毎朝集まるという。

S建設の元で、水田除染に従事する作業員数は二千人を超え、サテライトから遠い現場を担当する会社の朝礼は、現場毎に分散して行われるらしい。

新規入場教育の引率者は一次のBと名乗る若い男だった。

Bは私たち十名と、もう一社、二次下請けをする会社の十名を、サテライトの玄関で出迎えた。

新規入場教育を受けたのは、Bに引率された二十人だけではなく、他社を含めると百人ばかりの作業員が席に着いた。それだけで、そこそこの現場の作業員数に匹敵する員数だ。

担当した元請の男は、S土木東京支店東北営業部第二工事部云々と、長々とした所属と自分の役職を口頭で述べた。そしてS土木について、その概要を喋り始めた。

小一時間にも及んだ会社自慢が終わり、講義の内容が、ようやく水田除染の留意点に移行した。しかしそれは技術的なことではなく、おそらくはS建設が決めたルールの説明だった。

現場で市民の皆様とすれ違う時は、会釈し大きな声で挨拶すること。

交差点などでは、市民の皆様の車が優先すること。

飲食店など、市民の皆様の憩いの場所では、放言などしないこと。

ごみ出しのルールは厳守し、市民の皆様が利用されるコンビニエンスストアのゴミ箱に、私的なごみを投棄しないこと。

現場に入場する際は、S土木から貸与される除染チョッキを必ず着衣し、市民の皆様に除染作業中であることを明示すること。

現場以外の場所においては、除染チョッキを脱衣し、除染作業員が生活圏内に立ち入っているという心理的なご負担を市民の皆様に与えないこと。

市民の皆様云々の注意事項は、他にも二十以上あった。その説明にも軽く一時間以上を費やした。

（わしら、何やねん。嫌われもんかいな）

Kが後ろの席で呟いた。

それから講義は、さらに細かくなった。

「汚染という言葉を今日限りで忘れるように、キミらが水田から除去した土壌は汚染土壌ではない。除染廃棄物なんだ。これを絶対忘れないように。運搬車両にはこちらのマグネットシールを貼ってもらう」

掲げられた白いマグネットシールには『除染廃棄物運搬車両』と太い文字で書かれてあった。

「いいか、繰り返すが、南相馬市が汚染されているという意識を捨ててもらいたい。市民の皆様は日々平穏に暮らしておられる。それが何よりの証左だ。南相馬市は汚染などされてないのだ」

（だったら、なんで除染するんだよ）

先からの、押し付けがましい講義に辟易としたのだろう、別の会社の作業員がポツリともらした。それが運悪く、ちょうど講義の声が途切れるタイミングだった。

「きさまぁ」

説明者が唾を飛ばして怒鳴り、呟いた作業員に指を向けた。

「出て行け、すぐに出て行かないと、きさまの会社ごと出禁にするぞ」

作業員が椅子を蹴って立ち上がった。

顔を赤くし歯をむき出していた。

両脇の二人が慌てて彼を押さえ、男を宥めながら、サテライトの外に連れ出した。

「作業着のまま買い物に寄るなとは言わん。しかし泥を現場で落としていけ。汚染土を市民生活に持ち込むな」

荒い息のままで説明者が言った。

「汚染土が付着した靴や長靴で、買い物や食事に行くな。現場以外で、道を歩くことも許さん。このサテライトの外に、一度に五十人が使用できる靴洗い場がある。そこで靴や長靴の汚染土壌を落としてから帰れ」

「現場では、手袋とマスクの着用を義務付ける。使い捨てでいい。毎日の分、足りるだけ、まとめて我社が支給する。しかしだ、これらは汚染される。その汚染された手袋やマスクを、このサテライトの、決められた回収箱以外に捨てることを、厳しく禁止する。」

「おい○○」

説明者が、自分と同じ作業服を着用した若い男性に声を掛けた。その男は、テストのときの試験官よろしく、新規入場教育の開始当初から、着席した作業員たちの横に後ろ手で立っていた。

「帰りのコンビニで、ゴミ箱に汚染された手袋やマスクを捨てたらどうなるか、こいつらに教えてやれ」

新規入場者を退場させた後、怒鳴りどおしだった説明者が、さすがに怒鳴り疲れたのか、講師席に置いてあったペットボトルの水を飲んだ。

指名された男が説明を引き継いだ。

「二週間ほど前のことです。ある除染チームが、五人分のマスクと手袋を、コンビニのゴミ箱に捨てました。それを発見した店員が警察に通報しました。目撃者の話から、その除染チームの元請会社が判明しました。南相馬警察署は署長名でその元請会社に厳重注意をしました。翌日、同コンビニに張り込みを掛けました。そして同じようにマスクと手袋を捨てようとした作業員を、廃棄物処理法違反、不法投棄の容疑で現行犯逮捕しました」

若い男は言葉を区切りながら、小学生の棒読み朗読を思わせる口調で語った。よくできたねと、頭をなでなでしてやりたかった。

「そういうことだ。たかがマスクや手袋だと思うな。汚染物を捨てるというのは、それほど厳格に処罰されるということなんだ」

(九回目や)

Kがまた呟いた。

退場を命じられた作業員の轍を踏まないよう、やっと聞き取れるほどの小さな声だった。

（汚染という言葉を忘れろと言うたあのアホが、汚染という言葉を口にしたんが、これで九回目やで）

呟いて、声に出さず、喉だけを震わせて笑う気配がした。

威圧と恫喝がすべてとも思える新規入場者教育を終えてから、Kを伴って翌日から着手する現場に赴いた。一次の管理者Bが、自分の車で先導してくれた。

現場は南相馬市原町区大原、新田川の北側に広がる水田地帯だった。

「とりあえず、この一角から始めてもらおうと思っています」

Bの案内で連れて行かれた場所には、三メートルの農道を挟んで、上下合わせて三千㎡ほどの水田が並んでいた。

農道の退避所に車を止めて四人が固まった。

「Z興行さんは、明日から三人で着手するそうです」

Bが言った。

Z興行とは現場を同じくする二次下請け会社だ。

「十人ほど、新規入場に来ていたようですけど？」

私の問いにBが答えた。

「とりあえず、いつでも入れるように受けたということです。明日来るのは三人です。S建設の作業員宿舎が完成後に本格的に稼働するそうです。それまでは三人で除草作業をしてもらいます。それでどちらをやりますか。やっぱり下がいいですよね」

Bが農道の下のエリアに目を向けた。

誰が見てもそう思えるだろう。下のエリアのほうが、一枚の水田の面積がわずかに広く、正確な長方形なので、作業もやり易いように思える。上の水田は台形に整備されている。

「どうでしょうか」

私はKに意見を求めた。

「下やな」

腕を組んだKが言った。

「やっぱり、そうですよねぇ。自分もそう思いました。じゃBさん」

こちらから入りますと言おうとして、Kに手で遮られた。

「早とちりするなや。あんたらの目には、下がええと見えとんやろう、と言うただけや。やるのは上や」

この男の拗《ねじ》くれた根性には、ほとほと疲れさせられる。どうして素直に言えないのか。しかもどうして上なのか。

「水田のかたちと面積だけ見てもしょうがないやろ。下の水田は、農道と段差があるやないか。フレコンをダンプに載せるとき、この段差が、いらん手間になる。水田から直接載せられへんやないか。鉄板敷いて、足場つくらなあかん場所が半分くらいや」

なるほどと頷かされる。

「それに客土の搬入はどうするんぞ。この段差の上から、客土落とすんかいな。やったらあの水路がじゃまになるわな」

農道からの斜面を降りたところには、水田に沿って用水路が設けられていた。

確かに、上から客土を落としたら、あの水路を埋めてしまうことになる。

「ここでも鉄板がいるやろ。鉄板かてタダやないで。レンタル料も馬鹿にならんやろ。移動すんのにも重機がいる。その間重機は止まる、オペは止まる、えらい損やないか」

さすがだった。

聞けば聞くほど、一見作業が容易に見える農道を挟んだ下の水田のほうが、後々の手間が掛かりそうだ。

Bは『農家民宿』という、表に出ていない宿泊設備まで探して、フルの作業員で乗り込んだことを大いに評価してくれたようだった。

その表れの一つが、この事前視察だった。

本来であれば、下請け二社両方の意見を聞いて、調整するのがBの立場だろう。それを横に置いてこちらを優先してくれたのだ。

ただしそのアドバンテージもKがいるからこそ活かせる。難点をあげればきりがないKだが、招聘したのは正解だった。

「さすがですね。Kさんのことは、職長さんから、土木のベテランさんと聞いていました。言われてみたら、なるほどと思います。初見でその判断を即座にはできませんよ」

「いえいえ、無駄に現場が長いだけですよ」

Kが頬を緩めて謙遜した。

「段取り八分、未だにそんな古いことを言っている男です」

アクセントは隠せない播州弁だが、言葉だけは標準語めいた謙遜だ。しかしどうにも謙遜には聞こえない。婉曲に、自分のキャリアを自慢しているだけとしか伝わらない。

「では、フレコン置場にご案内します」

Bに促された。

待避所に停めた車に戻り、それぞれの移動車に分乗しようとした際、

「自分は、こっちら乗せてもらいますわ」

KがBの車に乗り込んだ。

四人で二台、二人ずつ分乗するのが自然かも知れないが、「さっそくごますりですね」助手席に乗り込んで運転席のNに言った。

「ごますりですか」

「ええ、どこの現場に行ってもそうです。上の会社の担当者に擦り寄るんです」

石巻でKと同じ現場にいた期間は短い。

どこの現場に行ってもと断定できるほどの付き合いではなかったが、それがあながち、穿った見方ではないと、確信させる振る舞いは何度も見た。

「自分をよく見せるためなら、自分の会社の職長の悪口だって、平気で言う人です」

「そんなことをしても意味がないでしょ」

「普通はね、そう考えますよね。でもあの人はそう考えません。現場を自分の居心地がいいように変えるんです」

「Bさんにごまをすって Kさんの居心地がよくなりますかね」

Nが首を傾げた。実感として理解できないのだろう。無理もない。仕事が始まれば分かることだ。

Kは確かにやり手の土木作業員で、技術もあれば知識も豊富だ。しかしそれを、パーティー全体のために活かそうとは考えない。すべて自分のためだけに、自分の評価につなげるためだけに、活用する。そのために、上の会社の担当者に取り入るのだ。

工事の段取りを変えたほうが良いとKが考えたとする。たいていの場合、それは正鵠を得る。しかしその提案を、自社の職長に上申したのでは、現場を改善した手柄は職長のものになる。だから自分の手柄にするために、上の会社の担当者に上申するのだ。それが何度か的を射るうちに、上の会社の担当者も、Kのことを宛てにするようになる。本来なら、職長にすべき相談をKにするようになる。

そうなるまでにKは、非難と思われない程度に、自社の職長や他の作業員に対する愚痴を上の担当者の耳に吹き込む。

「こないしたほうが、ずっと出来高が上がると思うんやけど、なかなか理解されませんわ。やっぱりわし、古いんでっしゃろな」

などと言い、肩を落としてため息をつく。

「Nさんも気を付けたほうが良いですよ。職長の私はもちろんですが、フレコン班のリーダーのNさんも、狙われるでしょう。陰で、どんなことを言われるか、分かったもんではありませんからね」

「そんなことをして、なんのメリットがあるんです」

「あるじゃないですか。上の会社の担当者を操れたら、現場が自分の思いどおりに動くようになるでしょう」

少し考え込んでから、「危ないな」Nが呟いた。

「危ない？」

「ええ、おれは大丈夫です。それなりに苦い思いもしてきましたから。でも同じ部屋のアイツは違います。すごく純粋な奴です。陰でこそこそする人間が大嫌いなんです。ましてやそれが、オレを貶めるような言動だったりしたら」

Nが息を鳴らした。微かに笑った。

「Kさんのこと、刺しますよ」

刺すという言葉が、比喩ではないと感じて背筋がゾクッとした。

背中の六文銭が脳裏に浮かんだ。「刺す」と笑って言うNも得体が知れない男に思えた。

それから

現場が動き始めると、Kは周囲が驚くほどのスピードで表土を剝ぎ取っていった。筋肉男のRの言った通り、日に五千㎡を超える速度で仕事を進めた。最初に決めた工区を二日で終わらせ、フレコン担当のNチームを置き去りにして次の工区へ移動した。

それが問題になった。

職長である私は作業の安全管理が職務だ。実際の作業に加わることはない。Kが先行して現場が分散すると、管理の目が届いていないとパトロールで注意されるようになった。

それが第一の躓《つまず》きだった。

Kが盛り上げた水田の削り土を、フレコンパックに投入するために、Kをフレコン班に回さざるを得なくなった。

フレコンへの投入作業はチームで行う。どれだけKが優秀なオペレーターであっても、フレコンをセットする手元作業をする人間が必要だ。単独で作業してこそKの能力は発揮されるが、チームワークとなると、気性の激しさと口の悪さが禍《わざわい》する。それが原因で、現場の空気は日増しに悪化する一方だった。

最初の一ヶ月の売り上げは七百万円を僅かに上回っただけだった。

そこからKに七十五万円、Rに二十五万円、そしてNのチームに三百三十万円、合計の人件費が四百四十万円にもなってしまった。

それだけではない。重機のリース料、燃料費、土木道具の損料、さらに収益を圧迫したのは、作業員宿舎の工事の遅れだ。その時点で、未だ私のパーティーは『農家民宿』に暮らす身だった。

それがチームNのメンバーの不満に繋がった。個室を用意する約束が相部屋なのだ。しかもNと懲役仲間の二人以外、食堂代わりの居間で寝るYを除けば六畳を六人で使っているのだ。

そんな不平不満を宥めながら、得た収益は百二十万円少々で、その三割の約束通りに支払われた給料は三十六万八千円だっだ。

私はいつも通り、三十五万円を娘の母親に送金し、昼はカレーパン一個で過ごした。煙草も安いわかばに変えた。既に脳内に、中島みゆきの唄が流れることはなくなっていた。代わりに子門真人が唄った『およげ！　たいやきくん』の冒頭部が繰り返し、繰り返し鳴り響いていた。

〽まいにち、まいにち、ぼくらはてっぱんの
うえでやかれて、いやになっちゃうよ

この唄も『昭和枯れすゝき』同様、高度成長期が終焉を迎えた後の、昭和五十年に大ヒットした曲だ。

シングル売り上げ四百五十万枚という記録は、歴代一位で今も、更新されていないし、そして楽曲の配信方法が変わったこれからも、更新されることはないだろう。

それでも諦めていたわけではない。

何とかなる。

私はそう思っていた。

日に五千㎡剝げる、異能のオペレーターを私は抱えているのだ。それだけで、月額六百八十七万五千円を叩き出せるのだ。やり方さえ変えれば、何とかなるに違いないのだ。

フレコンチームを増員するか？

そんなことを考え始めた矢先に作業員宿舎が完成した。『農家民宿』から移動した。作業員宿舎は完成と同時に満室となった。それで増員の手立てはなくなった。

いや、なくなったわけではない。『農家民宿』がある。そこにフレコンチーム十人分のキャパが残されている。除染作業員を派遣する会社に掛け合った。次は作業員だけでなく職長も付けてくれと依頼した。

一週間待ってもらえれば、という返事だった。

直ぐに『農家民宿』に連絡を入れた。また貸してほしいと願い出た。しかし断られてしまった。

「宿がなえって言うんで我慢してだげんとも、規則破って部屋でタバコ吸ってる人がいだんだよね。規則守れねぇ人らには部屋貸せねぇよ」

「どの部屋なんですか？」

訊かずにはいられなかった。四畳半の部屋だと相手は答えた。

「窓を開げで吸ってだんだべね。新品のカーテンまで焼げ焦げが付いでだんだよ」

それだけ言って一方的に通話が切られた。

四畳半の部屋。Kだ。口煩く他人には注意するくせに、隠れてタバコを吸っていたのか。

怒っていても仕方がないので、除染作業員派遣会社に連絡を入れた。さっきの十名はキャンセルしてほしいと告げると激怒した。もう人員は揃っている。賠償しろと喚き立てた。

その前に電話してから一時間も経っていない。さっきの電話では一週間あればと言っていたではないか。それがもう揃っている、賠償しろと喚き立てるのか。

呆れる気持ちも、怒りの感情も湧いてこなかった。ヘトヘトだった。腑抜けになって、平身低頭謝って、その場は何とか収まった。

何とかしなくては。

頭に浮かぶのはそれだけだった。その思いをジャマするように、あの唄声が頭の中でこだました。

〽まいにちまいにち、ぼくらはてっぱんの

諦めてはダメだ。自分に言い聞かせた。

前の月も売り上げは七百万円を超えたのだ。利益こそ百二十万円少々しかなかったが、宿舎に入れたのだ。『農家民宿』に支払っていた一日五万円の宿泊費が、これからは、そのまま利益として反映されるのだ。未だ諦めるには早過ぎる。

考えた。

Nのチームを止めればいいのだ。Kー人を動かせば、職長は私一人で足りる。Kが一日に剝ぎ取る水田表土は五千㎡だ。金に換算すると二十七万五千円になる。

もちろんずっと止めたりはしない。そんなことをすれば、元請からクレームが入るだろう。処理されないままの表土の山は、徐々に崩れ始めているのだ。クレームではないが、処理を急げという指示は一次のBを通じて伝えられている。

週に一度くらいなら。週に二度なら。

週休二日、三日にすることを、Nは承諾するだろうか？

また計算してみた。

「こらっ、オノレ、さっきから何をしとんぞ！」

怒声が飛んだ。Kの声だった。

「皆が働いとる脇でゲームしとんか！」

重機から降りたって真っ赤な顔をして怒っている。

こいつのせいで、こいつが隠れてタバコを吸ったから。

「ゲーム違いますよ。携帯画面の電卓使ってたんです」

ヘラヘラとした笑いを浮かべてKに言い訳した。

「そんなもん、夜にでもやらんかい。昼間から金勘定やなんて、ピンハネしとる立場のもんは気楽やのう」

吐き捨てるように言って、実際にその場に痰を吐き捨てて、Kが重機に戻った。


その夜Nに事情を説明した。

「休んでも日当が出るんだったら構いませんよ」

さらりと言った。

その答えは折り込み済みだった。

Nのチーム九名分の日当を合算すると十一万七千円になる。それは計算しての提案だった。

Nに話をする前に一次の担当のBに相談していた。週に一日ならと、Bはフレコンチームを止めることを承諾してくれた。

とりあえず、前月並みの収入は確保しなくてはならない。

宿舎を移動して、生活に困窮していた。

休みの日には食事が出ないのだ。それが堪えた。

私以外の作業員は、外に食べに行ったり弁当を食べたりしていたが、私にはカレーパン一個分の食費しかない。当たり前だが、『農家民宿』では、休みの日も食事は出ていた。

私はカップ麺を買った。かなり離れた格安スーパーで買い求めたカップ麺だ。それ一個で休みの一日を過ごした。

もちろん足りる量ではない。

足りない分を無人の食堂に置かれたマヨネーズで補完した。カップ麺の味に関係なく、チューブを絞ってマヨネーズで増量した。

そうやって何とか三ヶ月をやり過ごした。

しかし限界が訪れた。

私の気持ちが折れたわけではない。一年でも、二年でも、そんな生活を続ける覚悟はあった。

ようやく剝ぎ取り土の山が片付いたというタイミングだった。

その日、仕事終わりに一次のBに呼び出された。同じ二次として入っている会社の職長も一緒に呼ばれた。

Lという同い年くらいの男だった。挨拶をしたことはあったが、名刺を交換したのはその日が初めてだった。

待ち合わせ場所に指示されたのは市内の焼き肉店だった。そこにはLの車で来ていた。どうせ帰る宿舎は一緒なんですから、乗って行きませんかと誘われて甘えたのだ。

「飲みます?」

Bがジョッキを持つ手付きをした。それだけで喉が鳴った。その夜はBの奢りだと言われている。ビールを飲んだとしても、Lの車で宿舎に向かうのだから問題はない。

「それじゃいただきます」

Lは運転を理由に断った。

「ぼくも飲んじゃおかな」

食べ放題をいいことに、さっきから、牛バラカルビを何皿も追加注文していたBが言った。生まれて初めて牛バラカルビを食べたとBは言う。まさか冗談だろうと思ったが、それが口癖らしい「やばいよ、やばいよ」を連発する姿を見ると、もしかして本当なのかと思ってしまう。

「Bさん車はどうするんですか。代行を頼んだら、かなりの金額になりますよ」

Bは仙台市の南の八木山本町から通っている。二万、三万は掛かるのではないかという距離だ。

「Bさんなら大丈夫ですよ」

代わりにLが答えた。

「サテライトの横にネカフェあるでしょ、時々あそこに泊まってますよね。何度か車を見掛けました」

「ええぇ、なんでLちゃん知ってるのよ。そう、泊まってますよ、家まで遠いからね。書類整理で遅くなった時は、ネット難民やってまーす」

Bが店員を呼んで二人分のビールを注文した。すぐに運ばれたジョッキに、牛バラカルビの脂でテカテカしている唇をつけて、一気に半分くらい飲み干した。

「ああ、ダメだ。美味すぎる。やばい、これはウルトラやばいです。食べちゃうよ、食べちゃうからね」

程よく焼けた肉を口に放り込んで、

「あぁ、やばすぎるぅ」と、また吼えた。

和やかだったのは食事が終わるまでで、満腹になった腹を擦りながらBが口にした言葉に私とLは蒼褪めた。

「二、三ヶ月でいいから、お二人のパーティー全員、除草専門でやってもらえないかな？」

どこかで述べたように、除草は労働集約型の作業だ。とても採算が合う仕事ではない。

「自分らの叩いた現場の除草は終わってますけど」

Lが言った。

「うちも同じです」

私が続いた。

「分かっていますよ。自社の工区でなくて、他の会社が担当した工区をやってほしいんだな」

とぼけた口調で言っているが目は真剣だ。

「どういう意味なんです？　除草なんかやったら大赤字ですよ」

Lが抗議した。

「その分、今まで稼いだと思うんだけど」

Lの抗議をBが受け流した。

「実はね」

Bが姿勢を正して説明した。

「普通で考えて、うちの会社が、Sさんの一次になんて入れるはずがないんだよね。今回は特例だったんだ。その特例を認めてくれた条件が、他社がやり残している除草作業をやってくれってことでね、うちとしては、どうしてもあちらさんの取引口座が欲しかったんで、その条件を呑んだというわけ」

それに続いてBはあれこれと言い訳がましいことを言ったが、もうそれは私の耳には届かなかった。

終わったな。

そう考えていた。それが私の結論だった。

次の日曜日、私は早朝に除染作業員宿舎を後にした。

怪しまれぬよう荷物は置いてきた。
文庫本一冊だけを持って、南相馬市を後にした。

〽このお街も、追われたぁ
いっそ、きれいに、死のうかぁ
力の限り生きたから、未練などないわぁ

頭の中で『昭和枯れすゝき』が聞こえていた。
知らぬ間に、私はそれを口ずさんでいた。

赤松利市（あかまつ・りいち）

1956年、香川県出身。関西大学文学部卒業後、大手消費者金融会社に入社。上場準備の激務をこなした結果、燃え尽き症候群となり、30歳を前に退社。35歳でゴルフ場の芝生管理の仕事で起業。年収は二千万円を超えたが、精神病を患った娘とともに暮らす生活の中で会社が回らなくなり、仕事も家庭も破綻。

2011年の東日本大震災後、宮城県で土木作業員、福島県で除染作業員を経験する。所持金五千円で上京した後は、風俗店の呼び込みなどで食いつなぎながら「住所不定」の生活を送り、漫画喫茶で書き上げた『藻屑蟹』（徳間書店）で第一回大藪春彦新人賞を受賞する。

著書に『鯖』『犬』（徳間書店）、『ボダ子』（新潮社）、『純子』『らんちう』（双葉社）、『女童』（光文社）など。2020年、『犬』で第22回大藪春彦賞受賞。

下《か》級《きゅう》国《こく》民《みん》A

2020年3月10日　初版発行

著　者　　赤松利市

発行者　　小林圭太

発行所　　株式会社 CCCメディアハウス
〒141-8205　東京都品川区上大崎3丁目1番1号
電話 販売 03-5436-5721　編集 03-5436-5735
http://books.cccmh.co.jp

校　正　　八木寧子

印刷・製本　株式会社新藤慶昌堂

ISBN978-4-484-20205-1
JASRAC 出　2000879-001号